COMME UNE ÉCLIPSE

Sophie Rouvier est écrivaine. Autrice de six romans sous le nom de Sophie Henrionnet, dont *Vous prendrez bien un dessert ?* ou encore *Plus immortelle que moi*, elle est également scénariste de romans graphiques (*Et puis Colette*). Elle a depuis publié sous son nouveau nom de plume *Comme une éclipse* et *Sur les balcons du ciel.*

Paru au Livre de Poche :

Sur les balcons du ciel

SOPHIE ROUVIER

Comme une éclipse

FAYARD

ISBN : 978-2-253-24440-0 – 1re publication LGF

À mes parents

« Nous sommes tous dans le caniveau, mais certains d'entre nous regardent les étoiles. »

Oscar WILDE

CLÉMENT

« N'oublions pas que les petites émotions sont les grands capitaines de nos vies et qu'à celles-là nous obéissons sans le savoir. »

Vincent VAN GOGH
Lettre à son frère Théo

La porte claque et Clément s'écroule dans l'un des clubs. Il a chiné ces fauteuils il y a des années. Importés d'Angleterre. Un cercle d'amateurs de cigares venait de fermer, le cuir porte toujours cette odeur de tabac ambrée. Ça fait râler Linda, leur employée de maison à l'odorat sensible, mais Clément adore cette histoire. Imaginer les séants aussi divers que variés, et sans doute illustres – on parle tout de même de Churchill, là –, qui s'y sont potentiellement succédé. Il aime surtout l'idée qu'une odeur peut éclipser des vies, faire oublier le reste. Supplanter. Clément tâte les accoudoirs. On y est moyennement assis, il faudrait les retaper, c'est un fait, mais ils ont une sacrée gueule. Il pivote vers la fenêtre, accueille un rayon qui traverse la pièce pour s'éteindre sur lui.

Longtemps Clément s'est levé de bonne heure. Le moindre retard le rend littéralement malade. Des années durant, il s'est astreint à débarquer le premier dans les locaux de la boîte. Anaïs, sauf réunion décisive, n'arrive jamais avant dix heures à l'agence de pub qu'elle codirige. Sa femme envisage le temps comme l'un de ses nombreux serviteurs. Se faire désirer lui paraît un minimum pour qui veut être pris au sérieux. Leurs jumeaux de dix-sept ans, quant à eux, vont et viennent au gré d'emplois du temps auxquels Clément n'a jamais saisi grand-chose.

Il emmagasine le soleil, vautré dans le fauteuil. Le cuir épouse son dos, ses fesses, ses cuisses. Ses bras, posés en propriétaire sur les accoudoirs, lui donnent un air magistral. Le silence du loft pour seule compagnie, il ne manque que le mécanisme d'une vieille comtoise, laquelle jurerait avec le reste de la déco industrielle soigneusement choisie.

Combien de fois Clément a-t-il imaginé cet après ? Il ne saurait le dire. Pourtant, en cet instant, il ne sait comment occuper tout ce temps désormais disponible. S'imaginer collectionneur, mais de quoi ? Cinéphile, peut-être… Golfeur ? Hors de question. Cuisinier ! Il saute sur ses pieds : une bonne douche et il s'en ira parcourir les magasins spécialisés.

Après une courte recherche sur le Net, Clément déniche la caverne d'Ali Baba culinaire. C'est là que les étoilés se ravitaillent et son père lui a suffisamment martelé qu'il n'y a que les mauvais artisans pour travailler avec de mauvais outils. Son père lui manque… Clément attrape sa veste et croise Linda, dont la tête dépasse à peine de l'amas formé par les housses de couette de Romane et Milo. Plutôt satisfait de lui, Clément fait part de ses projets de cuisine à celle qui supervise l'intendance du foyer depuis la petite enfance des jumeaux. Linda se met à rire. Faiblement d'abord, puis de plus en plus franchement. Monsieur Clément est vraiment rigolo… Encore une nouvelle idée ? Monsieur Clément n'a pas autre chose à faire, quand même ? Sans plus de circonvolutions, Linda prend la direction de la buanderie, le haut du corps encore secoué de tremblements. Pardon, hein, mais elle n'a pas ri autant depuis une éternité.

Clément est vexé, mais déterminé. Mince alors, il a enfin trouvé un but et ce n'est certainement pas la nounou qui lui coupera les herbes aromatiques sous le pied.

Il enfile sa veste et passe cette connasse de porte.

Chez Mora, Clément fait un hold-up. Il achète des ustensiles de toutes sortes et de toutes formes. Mijoter, braiser, saisir, il veut des charlottes, des thermomètres à enfoncer dans les chairs et de quoi préparer des gigots de sept heures… Dans les allées, il est en proie à une violente migraine. Elles ont débuté il y a un mois, lorsqu'il a vendu ses parts de la boîte, montée vingt ans plus tôt avec Dimitri. Une start-up dont ils ont eu l'idée avant tout le monde : une plateforme de téléchargement de musique. Tous deux s'étaient pourtant promis de repousser les offres qu'on ne manquerait pas de leur faire. Ils conserveraient ce qu'ils avaient développé, une niche que les Américains reluquaient depuis un moment. Et puis les propositions se sont envolées… Insidieusement, les certitudes d'hier se sont muées en doutes. Clément a tenu, argué, s'est accroché, mais le divorce de Dimitri et de sa sœur Brune a eu raison de sa propre ténacité. De plus, il ne se voyait pas rester seul et partager le directoire avec des inconnus. Il ne s'est pas vu insister, position délicate que d'être l'associé et le beau-frère. Depuis, Clément se console comme il le peut. Quarante-cinq ans, c'est sans doute l'âge limite pour changer de trajectoire professionnelle. Il se donne un an pour trouver un nouveau but, mais d'ici là, il l'a seriné à qui voulait ou non l'entendre, il va pro-fi-ter. Depuis le jour de la cession des parts, il profite surtout de ces fichues migraines. Elles débarquent de façon impromptue et rétrocèdent tout aussi rapidement, ce qui laisse son généraliste dubitatif.

Dans la rue, Clément éprouve un certain malaise. Il vient de dépenser des sommes folles mais se sent toujours vide. L'opération a tout de même été bénéfique puisque la migraine s'en est allée. Ne restent que les picotements. De désagréables, insignifiants, mais épouvantables picotements. Les fourmis aussi se sont invitées après la cession des parts. Le lendemain, si ses souvenirs sont bons. Il secoue les mains, comme si ces satanées bestioles pouvaient dégringoler. Rien à voir avec des problèmes de canal carpien, pas non plus une histoire de kystes, le radiologue est catégorique. Clément soupire et décide de marcher, de se perdre dans les rues qui avoisinent le magasin.

Il connaît Paris comme sa poche, mais depuis une dizaine d'années il se cantonne aux mêmes quartiers. Redevenu piéton, il apprécie différemment les artères, ruelles, immeubles et monuments. Il redécouvre sa ville. Jusque-là, il se déplaçait en scooter, avant que Milo ne le lui emprunte et n'en prenne définitivement possession. L'adolescent n'omet pas de rappeler à son père, dorénavant rentier, qu'il n'a plus d'impératifs, lui. Clément rit – jaune –, son fils a de l'esprit et c'est plutôt heureux, lui n'a plus de scooter et quelque chose le retient de s'en procurer un autre ou de réclamer son bien. C'est un fait, bordel, Milo n'a pas tort, il a tout son temps.

Clément arpente les rues depuis deux heures quand son pied droit se met à l'élancer. Adossé à un rebord de fenêtre, il examine le problème. Une ampoule. Énorme. Tendue et gonflée. Évidemment, maintenant qu'il l'a observée de près, il a encore plus mal. Son téléphone vibre, mais Clément ne pense plus qu'à son pied. Il lui faut des baskets. De bonnes baskets. Là, tout de suite. De celles avec ces semelles gorgées d'un gel qui amortit les chocs et évite les frottements. Il ignore un nouveau bip sur son téléphone et avise une boutique de running à quelques dizaines de mètres. Sous son nez, si c'est pas un signe ! Il toise ses richelieus, les pauvres sont loin d'imaginer qu'en dépit de leur pedigree ils finiront placardisés, et il se dirige d'un pas boitillant, mais assuré, vers Endurance Shop.

Clément pénètre triomphant dans la boutique et en ressort trente minutes plus tard chaussé de baskets orange fluo. Mandarine Adrenalyn, a précisé la vendeuse. Elle lui a même donné un pansement, elle en avait dans son sac à main. Il y a une licorne sur le sparadrap, mais il ne sent déjà presque plus la brûlure. Encombré, il hésite à laisser les richelieus sur place, puis change d'avis en repérant un SDF à l'angle du boulevard. Lorsqu'il les propose à l'homme sans âge, celui-ci s'esclaffe en dévoilant ses jambes protégées par une couverture d'un marron qui n'a plus de nuances. Il exhibe des baskets concurrentes d'un vert quasi fluo qui n'a rien à envier à l'orange. Lui aussi ne porte plus que ça, mon pote. Clément s'éloigne, Mandarine Adrenalyn aux pieds, richelieus à la main, pas vraiment certain de se trouver dans la bonne cabine de l'ascenseur social.

Son téléphone vibre encore, il fouille ses poches, heureux de trouver une issue à ses pensées. Un nouveau message de Brune. Sa sœur, lassée que Clément ne décroche pas, lui rappelle l'inauguration de son cabinet et propose un déjeuner dans la semaine. Elle a, semble-t-il, très envie de parler.

Ses anciennes chaussures abandonnées dans une poubelle, Clément regagne l'appartement d'humeur plutôt joyeuse. Pour la première fois depuis un mois, il sent que son existence s'oriente vers quelque chose. Comme si un vent nouveau gonflait ses voiles. Un sens qu'il a encore du mal à saisir, mais Paris ne s'est pas fait en un jour non plus, faut pas déconner. Il tape le premier code, pénètre dans l'allée privée qui longe l'hôtel Frochot, constate que son ex-scooter, garé là, a deux belles traces de clé sur le flanc, mais ça ne lui fait ni chaud ni froid. Que dalle.

Nada. Il chantonne même en composant le second code, celui qui permet d'accéder au vaste hall, puis d'arriver devant l'ascenseur privatif. Il va jusqu'à esquisser un petit pas de danse devant le miroir, détaille sa silhouette, palpe ses légers bourrelets. Il s'est empâté ces dernières années, mais vu les kilomètres qu'il va faire avec ses Mandarine Adrenalyn, ces rondeurs seront bientôt de l'histoire ancienne.

Les portes s'ouvrent sur la cuisine américaine et la température chute instantanément de plusieurs degrés. Linda et Anaïs, perplexes, examinent le contenu de dizaines de cartons qui viennent d'être livrés. À mesure que l'une sort des casseroles, l'autre les lui prend des mains et repositionne le scotch. Anaïs rabâche qu'il doit s'agir d'une erreur tandis que Linda hausse les épaules en répertoriant l'éclectique contenu siglé Mora. Juchés sur les tabourets de bar, Romane et Milo mangent, comme à chaque heure de la journée. Un sourire amusé anime leurs lèvres pleines d'une jeunesse qui voit tout de haut et qui ne serait pas contre sortir le pop-corn.

Clément n'ose pas bouger. Maintenant, en leur présence, il se sent complètement con. Il ressent le besoin de se justifier. Mais se justifier de quoi ? De vouloir préparer des cakes ? Des kouglofs ? De confectionner des cannelés ou un poulet coco ? Il aimerait se téléporter loin de cette cuisine, discrètement, mais c'est sans compter le crissement des Mandarine Adrenalyn sur le béton ciré.

Clément boude dans la chambre. Longtemps qu'on ne s'était pas payé sa tronche de la sorte. Une telle hilarité. De ces rires qui gonflent lorsque l'on tente de les étouffer. Au moindre soupir de l'un, les autres repartaient de plus belle. Ça a duré, duré ! Il s'est senti humilié. Une merde. Une merde orange. Enfin, mandarine, si vous y tenez. D'un coup, le pansement licorne n'a plus suffi et il a perçu à nouveau la brûlure de la cloque percée.

Anaïs vient le retrouver. Elle confisque le livre derrière lequel il cache sa mauvaise humeur et minimise le fou rire que tous les quatre ont eu en découvrant ses nouvelles pompes. Un simple effet de surprise ! Bien sûr qu'il a le droit de se promener en baskets. Oui, de nos jours, ces coloris sont légion. Seulement, venant de sa part, c'est étonnant, voilà tout ! Il est tellement classique d'ordinaire ! Déjà, délaisser les chemises pour des polos, ça le défrise ! Et puis toutes ces casseroles… Quelle idée. Pour sûr qu'il peut se lancer dans la cuisine, et même la danse folklorique ou la fauconnerie, si ça lui chante. Allons, chéri, ne fais pas cette tête. Tu nous rejoins ? On a commandé des sushis. Mais Clément entend les allusions de Romane et Milo soulignant que, vraisemblablement, les casseroles Cristel ne seraient pas étrennées au souper. Nos enfants ont le sens de l'humour, mais quelquefois ils feraient bien de se le carrer où il pense. Oui, il est vulgaire, ça va. Il est encore chez lui, non ? Il y en a qui ne vont pas se déplacer en scooter très longtemps à ce régime. Oui, j'ai dit régime, et alors ?! Anaïs tourne le dos en soupirant. Si on ne peut plus plaisanter. Avant il était drôle, il s'encroûte. Clément soupire à son tour lorsque sa femme quitte la chambre. Il ne dînera pas, ils lui ont coupé l'appétit. Il reprend une fois encore son livre pendant que les autres s'installent à table, il entend le cliquetis des baguettes. C'est peine perdue, il lit sans lire, García Márquez l'a perdu en chemin, les lignes se muent en accessoires de coutellerie.

Clément se glisse sous les draps. Il éteint la lumière et fixe le plafond. Il n'a pas tiré les rideaux et plus la force de se relever. Pas grave, ces ombres au plafond, c'est joli. Il pense aux théâtres d'ombres chinoises. Aux choses simples que personne ne prend plus le temps d'admirer. Foutaises. Il s'emmerde déjà tellement. Dans la morne plaine de l'ennui, il sent gronder la colère. Elle chemine en sous-sol, émerge et se fraye un chemin jusqu'à lui. Elle pénètre son corps, dilate ses viscères et l'envahit. Il n'a plus rien à prouver : une brillante école de commerce, deux postes ultra-qualifiants avant de monter la start-up. Succès immédiat. Et voilà. Voilà. Maintenant, s'il lui chante de gaspiller sa thune dans des casseroles qui moisiront dans les placards, il le fait. Il a l'argent pour les acheter et une place scandaleuse en plein Paris pour les stocker, merde. Quant aux baskets, Romane en a au moins vingt paires, toutes aussi voyantes les unes que les autres. Il se redresse tout à coup. Mais c'est qu'Anaïs aussi ! On en parle du jour où elle est revenue avec les chaussures d'Uma Thurman dans *Kill Bill*. Jaunes, les baskets ! Alors là, oui, tout va bien ! No problemo ! Tout le monde trouve normal que sa femme se promène avec des warnings aux pieds, mais lui, c'est *différent*. C'est *pas son genre*, c'est *surprenant*. Clément n'y tient plus. Il ne peut pas garder ça pour lui, la colère prend trop de place dans sa poitrine et ces foutues fourmis en profitent pour se pointer. Il sort de son lit, ouvre la porte de la chambre à la volée et déboule dans le salon en caleçon. Il va leur balancer leurs quatre vérités. Anaïs et les jumeaux lâchent l'écran de la télévision et le fixent, chacun une barre glacée à la main.

— Et tes baskets jaunes, Anaïs ? Hein ! Tes baskets jaunes ?

— …

— On fait moins la maligne, là ! Ça la ramène plus ! Dis-moi, il est passé où ton célèbre sens de l'autodérision ?

Six yeux perplexes le considèrent. En fond, une série en VO déroule son action, Clément est subitement moins sûr de son argumentaire qu'il ne l'était au fond de son lit. C'est peut-être le déclic, le moment où il sait qu'il vrille. Anaïs, Romane et Milo l'observent replacer le long de son corps des bras qu'il moulinait une seconde plus tôt. Ils se gardent de tout commentaire. Pas la moindre remarque. Dans les coulisses du téléviseur, une fusillade vient ponctuer la scène, comme une bande-son choisie par un chef d'orchestre sadique.

Clément résonnerait si on lui donnait un coup. De louche, par exemple. Il s'attendait à ce qu'Anaïs réagisse, argue que ses Onitsuka ne sont pas réellement des chaussures de sport. Il avait préparé des répliques, des ripostes. Mais pas un mot. Rien. Il ne peut que retourner penaud dans la chambre, s'allonger, tirer la couette sur son corps fourbu par l'effort inhabituel qu'il a fourni en rentrant à pied, et tourner le dos à ces conneries d'ombres chinoises mon cul qui dansent au plafond.

Jusqu'ici il traversait la vie avec une apparente facilité. Certains louaient ses choix, d'autres enviaient les décisions qu'il avait su prendre. Mais Clément sait qu'il n'y est pas pour grand-chose, une simple histoire d'alignement des planètes quand d'autres jouent de malchance. Il a malgré lui endossé le rôle alloué, le costume de meneur. Honteusement verni, il n'a jamais eu besoin de trancher dans le vif, de s'opposer, de se battre. En vendant ses parts, il a dû gripper l'engrenage vertueux. Ses proches continuent le ballet sans lui et personne n'a perçu combien il allait mal. À force de survoler, de regarder le quotidien d'un œil distrait, il n'y a plus participé. Il est comme le jeu de pétanque qui dort dans le garage de la maison de vacances, voilà. Il fait partie d'un package. Heureuses les boîtes de pétanque de n'avoir point conscience de leur vacuité.

Clément serre les dents. Tant pis, il dormira sans sa gouttière antibruxisme. Ça leur apprendra. À tous. Clément a six ans et demain il appellera Hélène, sa mère, pour se plaindre un peu. Il téléphonera également à Brune, sa sœur, qui a tenté plusieurs fois de le joindre ces derniers jours. Il pense à Dimitri, à Pio, à Fred… Et puis à son ami Paul. Lui aussi a fini par se lasser de tomber sur son répondeur. Allez, s'admoneste-t-il, c'est un vilain coup de mou. Ça va passer. Il va se faire violence, rappeler ses potes et tout ira mieux. Eux lui prouveront qu'il fait encore partie de la chaîne, qu'il est une poulie, toujours un rouage essentiel.

Eux lui feront sentir qu'il est indispensable.

Il a passé une nuit épouvantable, sans rêves. Depuis deux heures, il fait semblant de dormir, le temps qu'Anaïs et les jumeaux quittent l'appartement. Aucune envie de croiser les regards moqueurs ou navrés de Romane et Milo. Encore moins capable de subir le silence dont sa femme sait se draper lorsqu'elle est persuadée de son bon droit. Sa spécialité ça, le drapage.

La porte d'entrée claque et Clément gagne la cuisine. Il se fait couler un café après avoir longuement hésité entre toutes les capsules. Par la force de l'habitude il prend les noires, les plus fortes, mais peut-être que d'autres lui conviendraient tout autant ? Et même davantage, si ça se trouve ! Il en tente une d'un vert foncé, s'affale dans le canapé et saisit la télécommande dans un ultime effort de contorsion. Ne lui manque qu'une bière pour avoir la panoplie complète de The Dude, le héros hors norme de *The Big Lebowski* qui vit en vase clos. Il a déjà le peignoir ouvert sur le caleçon ample et l'envie de rien en bandoulière. Il lance un documentaire sur les gibbons siamang et fait défiler les numéros notés prioritaires dans le répertoire de son téléphone.

The Four, on les appelait, jusqu'à ce que Brune fasse partie intégrante du groupe à force de coller aux basques de Clément. Inséparables depuis le collège, des week-ends de retrouvailles dans la maison commune et dans les capitales d'Europe, du temps des études secondaires, et puis… Et puis, les choses de la vie… Les enfants, les emplois du temps. Il y eut l'éloignement, les fuseaux horaires, les obligations, mais rien, se disaient-ils, ne viendrait altérer pareille amitié.

Il y eut les coups de main donnés, ceux reçus. Les déménagements, les voitures prêtées, les vacances en tribu. Les parrains, les filleuls, des liens comme ceux du sang. Il y eut les fous rires et les idées qui fusent autour du barbecue ou de la cheminée, à se disputer la gestion du feu comme il se doit depuis des temps ancestraux. Il y eut l'Idée et la promesse de monter un truc ensemble. Un truc énorme, une tuerie. Et les gueules de bois le lendemain. Il y eut ceux qui saisirent l'opportunité et ceux qui se laissèrent bercer par la douceur de vivre. Il y eut des joies, et puis le drame. C'est lui qui a le moins donné de nouvelles, c'est une évidence. Maintenant qu'ils ont vendu, il a le temps de cogiter. Clément éprouve de la honte à l'idée d'avoir cédé aux sirènes américaines. Il aurait dû refuser, convaincre Dimitri, mais Dimitri roucoule avec Doria. Dimitri a voulu tourner la page Muzic. Cette page où Brune, la femme de sa vie, traînait encore en filigrane. Désorienté, Clément rumine, diffère le moment de lancer un appel. Depuis quand n'a-t-il pas parlé aux autres ? Dimitri, c'est autre chose, jusqu'à la vente de l'entreprise, Clément a passé plus de temps avec lui qu'avec Anaïs. Aujourd'hui son ex-associé n'a plus la casquette de beau-frère, il est redevenu l'ami à part entière. Clément fait défiler les noms sur l'écran, passe rapidement sur celui de Pio. Fred, voilà. Clément choisit d'appeler Fred, son jumeau de date de naissance. Le 8 août. Fred est paysagiste et, à l'heure qu'il est, il doit arpenter un chantier ou conduire une machine, son téléphone reste souvent dans l'utilitaire. Il lui laisse un message, prenant un ton enjoué totalement grotesque sur la messagerie, et raccroche sans savoir pourquoi il a ainsi joué la comédie. C'est n'importe quoi, il va rappeler et en laisser un plus spontané, sur lequel il dira la vérité : il ne va pas très fort. Clément pianote à nouveau, une sonnerie et soudain Fred décroche. Il a l'air surpris et la poitrine de Clément se contracte légèrement. Un instant, il a la sensation que Fred ne sait pas exactement de quel Clément il s'agit. Fred s'excuse dans un rire, il a perdu son téléphone et tous ses contacts avec. Quand même, se dit Clément. Il ne doit pas y avoir trente-six Clément avec qui ce con a fait des compétitions de celui qui pisse le plus loin, lors de soirées étudiantes. Fred doit raccrocher, un rendez-vous important, une livraison d'ipé, deux cents mètres carrés d'une terrasse à poser. Le roi du pétrole, mon vieux ! Clément sent qu'il doit réagir, alors il s'esclaffe. Tout à coup, Clément a besoin d'air. Oui, le roi du pétrole, bro. C'est cool, très cool. On se voit quand ?

— Eh bien ! À l'anniversaire de Dimitri ! s'étonne Fred.

Bien entendu, alors à bientôt… Merde. Clément a oublié. Totalement oublié. Comment peut-il avoir oublié ? Ils vont tous se voir, très prochainement, dans cette maison qui compte tant pour eux. Ça fait longtemps qu'il ne s'est pas rendu là-bas. Dimitri a même invité Brune pour l'occasion, c'est certainement à ce propos que sa sœur s'excite. Clément, sonné, se laisse tomber dans le canapé puis remet le son du documentaire. Un gibbon gonfle une poche d'air impressionnante dans la région de son gosier et entreprend une série de cris incroyables. Les petits se planquent autour des femelles et Clément pense à Hélène, sa mère, immanquablement réconfortante, même s'il a rarement appelé à l'aide jusqu'à présent. Elle l'invite à passer la voir, et sourit dans un silence, heureuse de l'appel de son fils si occupé d'ordinaire. Clément capte cette émotion. Il se sent un peu moins pitoyable. S'il n'a pas été un bon ami c'est qu'il était très pris. Regonflé, il se penche à nouveau sur l'historique de ses appels. Le numéro de son vieux Paul revient souvent, chaque fois notifié en rouge. Il n'a pas pris le temps de le rappeler, mais avec Paul, c'est différent. Leurs liens, leurs rapports sont tout autres. Lui, c'est l'ami d'enfance. Pas le même groupe que Dimitri, Pio et Fred. Paul et les conneries de l'adolescence. La côte basque, la maison louée à Bidart juste en face de celle de Paul qui y vit à l'année. Paul c'est le surf, enfin le prof de surf. L'idéaliste, le sauvage, l'anticonformiste, l'écolo ascendant végan. Celui avec qui Clément refait le monde chaque week-end de Pâques, celui qui lui a appris à fixer une planche sur le côté du scooter. Celui des nuits à la belle étoile sur les escaliers de la côte des Basques. Clément pose ses pieds sur la table basse et fixe l'écran. Une évidence. Paul saura trouver les mots, panser le vide qui crible ses viscères de microplaies. Quatre, cinq, six appels ces trois derniers mois. Clément n'a aucune excuse, même si d'ordinaire ils ne se téléphonent guère qu'à l'approche de l'été. Il marque un temps d'arrêt lorsqu'une voix féminine décroche, après plusieurs sonneries.

— Suzanne ?

— Oui ?

— C'est Clément !

Suzanne ne dit pas un mot. Clément perçoit son souffle. Elle respire fort. De plus en plus fort.

— Suzanne ?

— Il est mort, Clément. Il y a trois semaines.

— …

— Paul est mort, il y a trois semaines.

Clément reste sans voix. Il ne sait pas quoi dire. Il y a une erreur, forcément. Un malentendu, a minima. Son cerveau bloque bêtement, une sensation de vérité endigue le déni. Un frein moteur. Sa bienséance lui interdit de faire subir à Suzanne une séance téléphonique grotesque. Il a appris depuis longtemps à retenir les mots, à ne pas se lancer trop vite, à peser, soupeser avant de réagir. Il sait surtout qu'il n'y a rien à dire. Il n'a pas pu lui faire ça. Son plus vieil ami a cherché à le joindre, plusieurs fois qui plus est, et pourtant il ne l'a pas rappelé ? Au besoin, Paul laisserait un message, sans doute une histoire de location saisonnière ou un stage pour son fils. Oui, il croit se souvenir s'être dit cela en voyant sans les voir les appels en absence. Il peut bien se raconter ce qui l'arrange, mais la vérité est que Paul a cherché à le joindre et qu'il ne l'a pas recontacté. Et maintenant Paul est mort.

— Suzanne…

— Il était malade, il ne voulait pas t'inquiéter. On a tous cru qu'il allait en venir à bout. Ça a été si rapide.

— …

— Il a essayé de t'appeler, mais tu es tellement occupé.

— Je…

Que dire ? Je m'excuse ? Je suis… désolé ? Je regrette ?

— Je crois qu'il ne t'en a pas voulu, lâche Suzanne.

— Non…

Clément sent la migraine arriver, il peut la voir. C'est une femme à cheval. Une cavalière. Elle fonce droit sur lui, il la distingue parfaitement. Sa silhouette fière et forte se découpe sur la ligne d'horizon, très vite elle se tient juste là, à proximité de sa boîte crânienne.

— Il trouvait même que ce n'était pas plus mal. Il ne voulait pas que tu le voies diminué.

La voix de Suzanne se brise.

— Je suis désolée, Clément. Il a choisi de se faire incinérer en petit comité.

— …

— Je suis désolée, reprend la jeune veuve. Je n'ai pas trouvé le courage de t'appeler.

La cavalière le percute de plein fouet. Clément perçoit l'impact, un point bien précis. Une lance qui s'enfonce profondément, qui traverse l'épiderme, le derme, se fracasse sur l'os. La douleur irradie.

— Mais c'est moi qui suis désolé ! Un sombre connard désolé…

— Je dois te laisser, peine à murmurer Suzanne.

Clément la laisse raccrocher. Les larmes qui roulent

sur ses joues lui font mal, lui rappelant à quel point il est vivant. Alors que Paul est cendres. Au creux de sa poitrine, au niveau du sternum, il sent quelque chose se briser. Ça n'est sans doute pas un infarctus, la douleur est vive, mais pas intense, et elle est centrale. Ce qui vient de voler en éclats, c'est la dernière part d'insouciance qui subsistait en lui.

Paul a souffert. Paul a été malade. Paul n'est plus.

Et lui, pendant ce temps, il fait une crise Mandarine Adrenalyn.

Il passe le reste de la journée devant le téléviseur. Les images se succèdent sans suite ni logique. Sur la chaîne nature, des animaux, des oiseaux, des voyages, des immersions en territoire sauvage, des publicités pour des couteaux de survie et des gourdes qui résistent au poids d'un tracteur. Oui, il évolue en milieu hostile. Étranger dans sa vie, perdu pour les siens, là pour personne. La roue tourne, mais sans lui, son quotidien est devenu aussi incompréhensible qu'insupportable depuis qu'il n'a plus de routine. Et pourtant il se sait ô combien privilégié. C'est donc cela qu'on appelle des problèmes de riches.

En fin d'après-midi il ressent le besoin de s'échapper de sa cage. Tant qu'on lui en laisse la possibilité, il faut qu'il fuie. Non sans avoir reposé un pansement sur son ampoule, il chausse ses baskets. Il ne faut pas qu'il tarde, s'il veut éviter le retour d'Anaïs et des enfants. Il irait bien courir, mais il devrait rentrer prendre une douche. Alors il marchera, ou il ira voir un film, n'importe lequel pourvu que des idées autres que les siennes occupent son cerveau et le lessivent de Paul.

Sur le chemin, Clément appelle sa sœur. Brune décroche aussitôt et sa voix distille en lui un sentiment d'apaisement. Elle a cherché à le joindre, il est là. Oui, qu'elle se rassure, il sera présent si elle a besoin de lui. Elle ne doit pas s'inquiéter, il sera toujours là. Brune tique, son frère s'est mis au LSD ? C'est quoi, le problème ? Elle rit, ce qui est toujours ça. Elle a fait une rencontre, une histoire bizarre, en tout cas un homme très différent de ceux avec qui elle a eu des relations. Elle hésite à l'emmener à l'anniversaire de Dimitri. Elle prendrait bien un verre pour lui raconter. Clément voudrait dire à sa sœur à quel point il est fendu en deux, qu'il suffoque. Dire le départ de Paul et sa propre lâcheté. Comment, après l'enterrement de leur propre père, il s'est arrangé une fois de plus pour rater des adieux. Son abandon, la désertion de ses amitiés pour des raisons qu'il ignore. Mais il ne parvient pas à se livrer. Pas comme ça, pas au téléphone. Brune a fréquenté Paul le temps d'un été. Non, les mots restent là, mélangés, entremêlés, enchevêtrés dans sa boîte crânienne, formant un magma, une bouillie où aucun ingrédient n'est plus reconnaissable. Alors Clément va faire comme si c'était pour du beurre, comme si la vie n'était pas une escroquerie. Il va aller au ciné avec Paul. Son pote se tiendra dans l'ombre, à ses côtés, et demain il tentera d'accepter.

La séance est un échec total. Le séisme le surprend dès le générique, quand la salle se voit plongée dans l'obscurité. Il tente de repousser l'assaut, de respirer en trois temps comme le préconisait l'article de sophrologie lu dans une salle d'attente, mais rien n'y fait. La bataille est perdue d'avance. Au bout d'une dizaine de minutes, il ne peut se permettre d'incommoder plus longtemps ses voisins et, traînant le fantôme de Paul à sa suite, quitte la salle pour se laisser violenter par la lumière de ce début d'été.

Clément marche, sur les quais, dans les rues, dans les contre-allées. Il ne prévient pas Anaïs, il avance à la recherche de quelque chose qui pourrait le sauver. Comment se fait-il que depuis la vente de la boîte il déraille à ce point ? L'élastique a lâché et il se l'est pris en pleine face. Il est près de vingt-deux heures quand un message de sa femme le fait sursauter. Elle a oublié de lui rappeler qu'elle dînait avec ses amies. Clément stoppe net. Même ce soir, même parvenu au paroxysme du mal-être, personne ne se demande où il est et ce qu'il peut bien foutre. Il examine ses mains à la lueur d'un lampadaire. Il est devenu transparent, si peu consistant qu'il va finir par disparaître.

Clément reprend sa marche lorsqu'un couinement attire son attention. Il baisse la tête, la semelle de l'une de ses baskets, de l'une de ces saloperies de Mandarine Adrenalyn à trois cents boules, s'est littéralement décollée. Il s'adosse à un mur et examine le désastre. Nettement et sûrement, la base se désolidarise de l'ensemble, laissant apparaître une couche de gel visqueux.

Pour la première fois de sa vie, Clément comprend qu'il est passé à côté de l'essentiel. Il se laisse lentement glisser le long du mur et sombre dans une absolue tristesse.

*

Vingt ans plus tôt, environ

Pour l'occasion, ils délaissent le rosé trop foncé, celui qui retourne tout, à la fois estomac et palais. Ce soir, c'est champagne, et il coule à flots, un cru très onéreux, épouvantablement surcoté, déniché à grand-peine dans ce coin reculé. Ce soir, pas de conserves réchauffées. Ils sont passés par la boucherie acheter d'énormes côtes de bœuf. Ce soir, ils rient pour un rien car tout est drôle, encore plus qu'à l'accoutumée, et pourtant au mois d'août, les soirées joyeuses se succèdent, et ce depuis plusieurs étés. Ce gain à la loterie c'est la chance du débutant, des numéros joués au hasard, en allant prendre un verre au café du coin. Ils n'ont d'ailleurs pas vérifié tout de suite s'ils avaient la combinaison gagnante, c'est Fred qui, retombant sur le ticket froissé, coincé entre deux listes de courses, a appris aux autres la nouvelle. Une grosse somme, oh pas de quoi faire d'eux des rentiers, mais suffisamment coquette pour les laisser le souffle court, silencieux plusieurs secondes. Le tournis, un peu, avant la profusion de rires, nerveux et gonflés d'excitation. Il se dit que Brune a lancé l'idée, mais rien n'est moins sûr. C'est peut-être Pio, ou encore Dimitri. Ça aurait pu tout aussi bien être Clément ou Fred. Ce soir, ils sont hilares car ils vont acheter la maison, celle en piteux état dont ils occupent le terrain en campant sommairement. D'ailleurs, les volets ferment mal, ils l'ont déjà visitée plusieurs fois. La maison sera parfaite pour la suite, un point de ralliement pour les années à venir, quand leurs vies respectives prendront fatalement des trajectoires diverses. La confirmation de ce qu'ils ont déjà vécu ensemble.

Pour sceller solennellement cette résolution, ils décident de sabrer une bouteille dans le futur salon. Emplis d'une légitimité toute neuve, ils forcent un peu plus largement une ouverture. Au passage, Pio décroche le vieux panneau « À vendre » qui pend depuis des mois à un volet. Brune pousse un cri de joie quand le bouchon, tel un point d'exclamation, s'en va percuter une poutre. De l'enduit se décroche du plafond, entraînant une pluie joyeuse de poussière, confettis de circonstance. Il y a quantité de travaux à prévoir, mais c'est formidable : cette maison est l'endroit de tous les possibles. Ils font le tour du propriétaire à la bougie, niant les taches d'humidité sur les murs, trouvant un charme fou aux tomettes fêlées et aux tapisseries hors d'âge. Jusque tard dans la nuit, Pio joue de la guitare, les autres l'accompagnent en chantant plus ou moins faux. Et puis, au petit matin, ils s'en vont plonger dans le lac, la tête embrumée.

Brune, Clément, Pio, Dimitri et Fred gardent en eux, viscéralement imprimée, la première soirée dans cette maison. Leur maison.

DORIA

« L'ennemi de l'amour n'est jamais à l'extérieur,
ce n'est pas tel homme ou telle femme,
c'est ce qui nous manque intérieurement. »

Anaïs NIN
Une espionne dans la maison de l'amour

Une fois de plus, Doria détaille la décoration de la salle à manger. Elle n'aime pas cette maison, se sent inopportune en chaque pièce. Des toilettes au salon, de la cuisine au grenier, les objets la toisent, elle en jurerait. Doria n'en a pas parlé à Dimitri. Il ne comprendrait pas, répète d'ailleurs qu'elle est trop sensible. Il se contenterait sans doute de sourire, en penchant la tête légèrement de côté. Ce tic l'émeut chaque fois. Ensuite il lui pincerait doucement la joue, elle n'apprécie pas ce geste mais ne lui a jamais avoué. Doria déteste cet endroit, elle se défend de trop y songer. Si la vaste demeure saisissait le fond de ses pensées, elle serait en mesure de lui nuire.

Dimitri l'a rapidement emmenée ici, trois semaines à peine après leur rencontre. Il y tenait beaucoup. Peu importe que cette maison soit chère à son cœur, elle-même se sent mal en ces murs. Pour couronner le tout, plus le temps passe et plus Dimitri souhaite s'y rendre. Doria fait des efforts, mais chaque tentative d'appropriation des lieux s'est soldée par un événement troublant. Elle se coupe systématiquement en cuisinant, et lorsqu'elle a voulu s'essayer au jardinage, une planche du cabanon est venue lui heurter la tempe. Elle a même été contrainte d'annuler une séance photo. Will, son agent, était exaspéré. Quel con, celui-là. Comme si elle y était pour quelque chose… En réalité, Will sait que le potentiel de Doria s'épuise, c'est ça qu'il lui reproche. Il était bien plus chaleureux quand les contrats tombaient. Le fait est qu'elle reçoit à présent davantage de « propositions ciblées » : modèle mains, modèle jambes, modèle bouche… Le temps où on la désirait tout entière s'éloigne chaque jour un peu plus.

Doria a parlé à son psy des réserves qu'elle avait au sujet de la maison, et le thérapeute a pris cela très au sérieux. Fait-elle un rejet ? Il faut vraiment qu'elle persuade Dimitri de rester davantage à Paris. S'il y tient tellement, il viendra seul s'encroûter dans ce trou. L'anniversaire n'arrangera rien. Son futur mari s'est mis en tête de rassembler ses amis dans cette maison pour fêter ses quarante-cinq ans, et tout ça, évidemment, ça s'orchestre des semaines à l'avance.

Doria congédie la femme de ménage et se prépare une nouvelle tasse de thé qu'elle va encore oublier de boire. Dimitri s'est isolé, il se repose toujours un peu après le déjeuner, c'est dans ces détails que se loge leur différence d'âge. Elle s'installe devant la grande cheminée où bûches et pommes de pin attendent une flambée prochaine. Doria scrute d'un air soupçonneux le grand lustre qui pend majestueusement à la poutre. Lors de son dernier séjour, ses pampilles avaient trembloté de longues secondes quand la porte avait claqué sans raison. Doria sait qu'elle n'a pas rêvé. Elle commence à avoir peur, peur que tout recommence. Elle sursaute de plus en plus. Personne ne doit savoir, Dimitri lui-même n'a pas à connaître les faiblesses qui la malmènent, alors elle fait ce qu'il faut, elle reprendra son traitement si nécessaire, mais le problème c'est que cette maison voit tout, elle le sent, et si elle n'y prend pas garde, la panique s'insinuera au creux de son ventre.

Doria déplie un journal local, il est sujet, entre deux chiens écrasés et un vol de matériel agricole, de l'éclipse. Aux coordonnées géographiques de la maison, le phénomène sera observable dans des conditions optimales. Dimitri y a vu un signe : une éclipse totale de Soleil le jour de son anniversaire ? Pourquoi se contenter de n'en voir que 87 % à Paris alors qu'elle sera ici complète ? Il avait envisagé de faire appel à des artificiers pour un déluge de feu démentiel, son péché mignon, mais rien n'égalerait l'éclipse. Doria sourit, elle s'amuse de ce côté sale gosse, mégalo pour certains. Le self-made-man peut presque tout se permettre, tout acheter, mais avouons que le soleil, c'est autre chose. Alors quand celui-ci s'offre sur un plateau, cela ne se refuse pas… Doria s'installe dans la bergère attenante à la cheminée et se penche pour attraper la liste des invités. Elle parcourt les noms placés tout en haut du bristol et éprouve un sentiment de malaise. Elle aime avoir Dimitri pour elle seule, en présence d'autres elle ne sait que faire de sa personne. Elle passe son doigt sur ces prénoms qui résonnent dans chaque recoin. Sur cette liste, beaucoup trop de noms à son goût. Lorsque Doria a avoué être angoissée d'imaginer tant de monde, Dimitri s'est fermé. Il y tenait et ce serait ainsi.

Doria repense à son mug, le thé est froid. Elle se lève et gagne le buffet sur lequel trône la grande photo, comme Dimitri prend plaisir à la nommer. Sur le cliché on devine la maison vingt ans plus tôt et, si on ne le sait pas, il est impensable d'imaginer que la demeure actuelle a pour base une structure aussi simple. Elle ne saisit pas pourquoi Dimitri a englouti autant d'argent dans la réfection de ces murs alors qu'il n'en possède qu'un cinquième. La surface a été facilement quadruplée, le parc arboré. Piscine intérieure et extérieure, boulodrome, accès privé au lac, terrain de tennis, cuisine extérieure, aile réservée au sport, maison d'invités… Le tout est méconnaissable. La grande photo, donc. Brune et Clément assis sur le banc, dans leur dos, Dimitri et Fred se tiennent debout, quant à Pio, il a pris place sur le sol, en tailleur, un coude nonchalamment posé sur l'assise du banc. Ils sont beaux, ils ont tout juste vingt ans, les yeux pétillants de vie. Derrière eux, la maison semble veiller sur leur avenir. Ils lui font peur, tous. Enfin non, plus Clément. Mais Clément, c'est différent. Doria l'a peu à peu adopté pour l'avoir croisé un certain nombre de fois. D'ailleurs, elle ne déteste pas sa femme, Anaïs, qui déploie des trésors de bonne éducation et d'énergie envers elle. Pour Dimitri, Clément est plus qu'un ami ou un associé, ils ont grandi et se sont faits côte à côte. Depuis qu'ils ont vendu la société, ils se voient moins certes, mais toujours régulièrement. Les premiers temps, Clément, peut-être un peu par loyauté envers sa sœur, a gardé Doria à distance, histoire de s'assurer qu'elle n'était pas l'intrigante que beaucoup voulaient voir en cette seconde épouse. Brune a partagé la vie de Dimitri durant seize ans. Elle est aussi brune que Doria est blonde, elle a peu changé depuis le cliché. Sans doute plus sèche, les traits fatalement tirés par les années, son visage se veut désormais plus anguleux, mais la dermatologue est toujours aussi belle et élégante depuis cette photo prise au milieu d'un éclat de rire, sans doute au retour d'une baignade dans le lac tout proche.

Un craquement se fait entendre à l'étage. Dimitri prétend que c'est fréquent, le parquet travaille et les poutres d'origine, centenaires, se dilatent en séchant. Doria retourne examiner la liste des invités. Certains passeront ici quelques jours, d'autres ne viendront que pour la journée. Elle avait pourtant suggéré d'autres idées à Dimitri, s'évader en tête à tête pour une destination lointaine, une qu'il n'aurait pas encore découverte, mais le grand blond n'a rien voulu savoir. Il souhaitait fêter son anniversaire ici, présenter les travaux de rénovation enfin achevés. Elle adore l'idée d'une résidence secondaire, mais elle préférerait tant qu'à faire quelque chose en bord de mer. Certes il y a l'accès au lac, bon sang qu'est-ce qu'elle en a entendu parler de ce lac, mais ici, sérieusement… On ne peut pas dire que les températures de la région rivalisent avec celles qui sévissent sur la Côte d'Azur ! Ce lac a beau être ravissant, elle le concède, bordé de sapins et bleu saphir, il est hors de question qu'elle y plonge ne serait-ce qu'un orteil. Encore ce bruit à l'étage, plus fort cette fois. D'ailleurs Sherlock sort de sa léthargie habituelle, le chien lève le museau et émet un léger grognement. Dimitri se reposant dans la suite du rez-de-chaussée, aucune raison qu'il y ait de l'activité là-haut. Elle n'est pas folle, cette maison se joue d'elle. Cette panique qu'elle connaît si bien revient au galop. Doria invite le chien à la suivre, elle veut en avoir le cœur net, au minimum montrer à cette baraque qu'elle ne se laissera pas impressionner. Dimitri venant plus souvent que les autres, désormais c'est elle la maîtresse de maison, que cette bicoque le veuille ou non ! Sherlock monte les escaliers quatre à quatre et s'engage dans le long corridor qui semble les jauger. Doria s'arme de courage et débute l'inspection. Dans cette aile, il reste une chambre dédiée à chacun d'entre eux. La première est celle de Brune. Si elle s'efforçait à un tant soit peu d'honnêteté, elle admettrait que cette pièce la dérange. Les couleurs, déjà, l'agacent. Tout est vieux rose et lin. Lisse et naturel. Doria réprime la vague de violence qu'elle sent poindre en elle. Là aussi des photos. Sur la plus grande, encadrée sobrement et posée sur une commode, Brune et Lison, leur fille. La jeune femme a dans les trente ans et, dans ses bras, Lison sourit, découvrant d'adorables petites incisives. Sur son index on devine une coccinelle que la fillette regarde avec une intensité étonnante. On croirait une publicité pour une marque de produit laitier ou de quinoa qui aurait pu s'offrir comme modèle Jackie Kennedy ou Kate Middleton. Ce tête-à-tête avec la Brune de la photo fait suffoquer Doria. Malgré sa propre plastique, malgré le nombre de shootings effectués et de contrats signés, malgré le succès et le respect de la profession... Doria le sait, Brune possède ce que tout photographe espère croiser, une beauté crue, au naturel, ce charisme insupportable qui ne se décrète pas. Elle délaisse la photo et poursuit son inspection, une boîte de boules Quies a été abandonnée sur la table de chevet, Brune laisse à demeure un certain nombre d'effets. L'armoire est pleine de vêtements. Doria ouvre les vantaux de bois et passe la main sur un gilet, palpe les doux cachemires, tâte l'étoffe d'une chemise à carreaux pendue à un cintre. Ici une paire de bottes, là des sandales et des tongs, et sur cette étagère les maillots de bain. Doria congédie la gêne dans un coin de sa mauvaise conscience, et entrouvre le tiroir où dorment les sous-vêtements. Elle examine, effleure les différentes pièces du bout des doigts. Elle a soudain envie de vider un carton dans lequel sont entassés des souvenirs pour le remplir de toutes ces fringues. Ça n'a rien à voir avec de la jalousie, se persuade Doria, rien à voir. Il est question de rapports de force, de priorités et d'évidences.

Encore ces bruits, Doria se trouve soudain hébétée dans cette pièce, elle en avait oublié pourquoi elle avait gagné l'étage. Sherlock qui trottait jusque-là autour d'elle détale dans le couloir pour s'arrêter devant la chambre de Lison, située à l'extrémité du corridor. La colère sourde se dissipe illico, cédant la place à l'angoisse. Le chien ne réagirait pas ainsi si ces bruits étaient le fruit de son imagination. Elle devrait peut-être aller réveiller Dimitri ? Trop tard, le vieux chien pousse la porte, Doria l'appelle faiblement, sans conviction, et ses pas la portent jusqu'à la chambre blanche et argent de Lison. En apnée elle passe la tête et jette un coup d'œil. Rien ni personne. Pourtant Sherlock grogne et s'active sous la fenêtre mansardée. Elle n'est pas timbrée, elle n'est plus la jeune femme fragile esquintée, elle a travaillé sur elle, gagné en confiance… Un chat sort de sous le lit avant de détaler dans le couloir. C'est le vieux matou qui traîne d'habitude dans les dépendances, le chat de Pio, comme le désigne Dimitri. Un chat, un putain de chat. Ça aurait pu être une souris, un rat, peu importe de quelle sous-classe animalière, de quelle lignée de rongeurs, on s'en fout. Elle n'est ni folle ni trouillarde. Elle tient bon.

Doria se laisse tomber sur la chaise qui fait face à une petite coiffeuse, y pose ses coudes et cale son visage dans ses paumes, encore tremblantes. Elle fixe intensément l'image que le miroir tacheté lui renvoie. Elle porte la même robe que le jour où Dimitri et elle se sont rencontrés, une robe blanche sur laquelle de minuscules sequins argentés sont brodés. Il patientait derrière elle dans la file d'un aéroport et l'avait abordée. Puisqu'elle était en tenue, avait-il le droit de lui demander sa main sans préambule ? Tellement lourd comme plan drague et à la fois assez mignon. Doria s'était détournée en soupirant, puis l'avion étant retardé de plusieurs heures ils s'étaient retrouvés dans la même zone d'attente. Elle l'avait longuement observé, à son insu. Il lisait tandis que tous les autres pianotaient sans relâche sur leur smartphone. Elle s'était approchée de lui avec deux cafés et ils ne s'étaient plus quittés. Bien sûr, elle n'est pas dupe, il a d'abord été attiré par son physique mais Dimitri l'aime sincèrement. Il le lui prouve sans cesse, cadeaux et attentions à l'appui. Elle a longtemps imaginé qu'amour et souffrance morale étaient inéluctablement liés… Il en faut peu pour douter à nouveau, ressentir en son ventre les stigmates du passé. Doria se concentre pour repousser ses angoisses de l'autre côté du miroir. Hors de question qu'elles entravent son bonheur. Elle est déterminée.

Du bruit encore, mais cette fois c'est Dimitri qui appelle. Doria pousse gentiment Sherlock devant elle, les yeux tendres et humides du chien l'encouragent, semblent dire calme-toi, Doria, retournons au salon, tu frissonnes, il ne fait pas chaud en ces murs, même en juin. Doria sourit timidement à Sherlock et répond enfin à Dimitri. Elle est à l'étage, elle descend tout de suite. Tu nous allumerais un feu ? Dimitri, enthousiaste, s'y attelle sans tarder. Parfait, juste le temps qu'il faut pour regagner la chambre de Brune et vérifier que rien ne dépasse. Doria invite le chien à rejoindre Dimitri. Dans la pièce vieux rose, elle referme le tiroir aux sous-vêtements et caresse une dernière fois un gilet angora qui exhale encore le parfum musqué de l'ex. Doria adresse un clin d'œil à la photo, tout ça reste entre toi et moi, Brune. Compris ? Au moment de fermer l'armoire, un carton entrave son mouvement, Doria doit recommencer la manœuvre, pousse du pied : quelques cadres dépassent, des foulards, un chèche, un sac US vestige de leurs jeunes années et de leur glorieux passé commun. Et puis un album de photos, vintage et souple, dans lequel on a glissé une vingtaine de clichés sous blisters. Doria s'agenouille, feuillette et soupire. Toujours la même chose, toujours cette joie, cette effervescence et ce lien qui unit Clément, Brune, Dimitri, Pio et Fred. La même photo que celle qui trône au rez-de-chaussée, mais pourtant différente. Le format, peut-être ? Doria retire la photo de son emplacement, elle a envie de l'emporter pour l'examiner de plus près. Dimitri lui signale que le feu est prêt et Sherlock double son appel d'un aboiement. La photo disparaît dans la poche de son gilet. Un emprunt, se jure Doria avant de fermer définitivement l'armoire et de se hâter dans l'escalier. En bas, Dimitri débouche un bourgogne. Il peste contre ce bouchon qui s'effrite dans le col, Doria rit, il s'y prend mal. Elle attrape la bouteille, son amoureux ignore aussi son passé de serveuse et c'est mieux ainsi. Tandis qu'elle verse le vin dans les verres, elle évoque le chat, peut-être chasse-t-il des souris ? Il faudra contacter une entreprise. Elle a suivi le chien à l'étage, lequel a immédiatement filé dans la chambre de Lison. La soirée se poursuit paisiblement, les bûches qui se consument, le froid qu'on tient à distance, pourvu que le temps soit suffisamment clair pour la fête à venir, pourvu qu'ils puissent voir l'éclipse tant attendue. Un vieux Truffaut, *La mariée était en noir*, Doria aime que Dimitri lui fasse découvrir ces films qu'elle n'aurait jamais eu la curiosité de visionner. Dimitri s'est vite assoupi. Il ne verra pas Jeanne Moreau achever sa dernière victime. Doria hésite à le réveiller, mais retient son geste, elle sait que Dimitri se trouve dans le meilleur sommeil, lui qui, insomniaque, se lèvera vers cinq heures. Comme chaque fois qu'ils dorment ici, il partira à travers bois avec son chien pour une longue marche au lever du soleil. Alors Doria dépose un plaid sur le grand corps si différent quand il n'est pas en mouvement et se retire dans la salle de bains de la chambre. Elle ôte le noir à ses yeux, décroche ses boucles d'oreilles, nettoie précautionneusement son visage, applique une crème de nuit et se défait de ses vêtements. Nue, elle se glisse dans les draps. Elle sait que Dimitri la rejoindra, qu'il remuera les dernières braises et coulera son corps froid contre le sien. Elle râlera, pour la forme, mais goûtera ce sentiment de sécurité délicieux. Elle cale sa tête sur un oreiller, en place un deuxième entre ses jambes, détestant le contact de ses genoux qu'elle imagine cagneux, l'un contre l'autre. Puis le souvenir de la photo glissée dans la poche de son gilet vient la tirailler. Elle ne pense plus qu'à ça. Elle ne parviendra pas à trouver le sommeil avant de s'assurer que Dimitri ne puisse pas tomber sur le cliché. Elle s'extirpe de la tiédeur des draps, le contact de ses pieds sur la pierre lui donne la chair de poule. Elle farfouille dans les poches du gilet, sans pourtant trouver trace de la photo. Elle refait le trajet jusqu'au canapé dans lequel Dimitri dort toujours. Le mouvement de sa cage thoracique gonfle le plaid selon un rythme régulier. Des braises rougeoient et quelques crépitements se font entendre, elle actionne la torche de son téléphone portable mais ne trouve rien, ni sur le sol du salon, ni dans le couloir qu'elle a emprunté, pas plus que dans la salle de bains. Elle se surprend dans le miroir, quel drôle de tableau que cette femme nue et inquiète. Sherlock, sans doute intrigué par son curieux manège, l'a rejointe. Il s'échoue pile sur la descente de lit, et Doria est contrainte d'enjamber le corps du chien pour se réinstaller dans le king size. Demain, il fera jour, demain, elle trouvera la photo sans la chercher. Peut-être est-elle tombée à l'étage, de sa poche, lorsqu'elle a descendu l'escalier ? Doria s'efforce de chasser cet épisode de son esprit, prend un comprimé et laisse son cerveau s'engourdir.

Plus tard dans la nuit, des craquements troublent ses rêves. Elle a froid, le drap a glissé. Elle ne parvient pas à trouver l'interrupteur de la lampe de chevet et la place à côté d'elle est vide, béante et froide. Elle tourne et tourne encore, d'un côté puis de l'autre, repart finalement dans un sommeil où tout se confond. Sherlock aboie, elle se trouve dans la forêt, cherche à discerner Dimitri entre les arbres. Elle devine la silhouette de ce type épouvantable. Son père. Il se tient près d'un sapin, elle doit absolument l'éviter. Elle y est parvenue toutes ces années et cela doit continuer ainsi. Elle va l'esquiver, contourner les chênes, prendre un autre chemin, il ne lui fera plus jamais de mal, il n'exercera plus son emprise, tant pis pour celles et ceux qui tomberont dans ses filets, elle les plaint, mais elle n'a pas la force de se préoccuper de leur sort. Son père a tourné la tête dans sa direction, il l'a vue. Le cœur battant à tout rompre elle se cache derrière le tronc d'un énorme pin. Il faut se faire toute petite, ne rien rétorquer, laisser passer l'orage, demain est toujours un autre jour, parfois les journées sont gaies, parfois il n'y a pas de coups, et même des cadeaux, des mots gentils, mais toujours il y a le contrôle et la dureté, l'explosion pour rien, s'ingénier encore deux jours plus tard à trouver un embryon de pourquoi, une ébauche d'explication boiteuse qui ne viendra rien éclairer. Elle voudrait retourner dans le lit, dans cette maison qu'elle n'apprécie pourtant pas. Elle va payer le prix fort pour avoir dénigré son géniteur, l'avoir oublié, et fui son passé. Elle regrette, elle aurait dû faire autrement, penser autrement, elle ne fait jamais ce qu'il faut. On ne peut rien te dire, tu es insupportable, tu as vu dans quel état tu te mets ? Tu es folle, ma pauvre, totalement folle. Tu as de la chance de m'avoir. Son père n'est plus son père, il est tour à tour tous les hommes toxiques qu'elle a côtoyés. Tout est sa faute. Il paraît qu'on n'a que ce qu'on mérite. Mais ça, c'était avant, assure Sherlock, revenu vers elle. Elle allait mieux pourtant, elle allait mieux, bordel, mais il a fallu que le vieux se décide à renouer. Quand son père a retrouvé sa trace, Doria, mortifiée, n'a pas osé l'envoyer paître. Parce qu'elle est terrorisée, c'est aussi simple que ça. Elle avait tellement changé physiquement, merde, ça aurait dû suffire. Ça n'en finira jamais. Le vieil homme était fauché et menaçant, elle lui a donné de l'argent. Oui, elle a acheté sa tranquillité, c'est bien de cela qu'il s'agit, pour avoir la paix. Mais dans les films, on sait comment ça évolue. Tant que le maître-chanteur gagne, il joue. Son père veut tout déballer à Dimitri. Fini la belle vie, madame la princesse. Dans son rêve elle se retourne et la silhouette s'écroule, foudroyée.

De l'humidité sur sa main, c'est Sherlock qui la lèche, il a dû sentir qu'elle pleurait dans son sommeil. Il la réveille en douceur, décidément ce chien comprend tout. Doria se redresse, elle est en nage, elle se sent fiévreuse. Elle n'entend aucun craquement, elle se fout de la photo, de Brune, du regard trop tendre dont Pio semble la couver, de la maison et du monde entier, elle veut Dimitri. Elle court dans la pénombre de la chambre, se heurte à la commode, réprime un cri, Dimitri dort toujours sur le canapé et le feu est définitivement mort. Doria se faufile sous le plaid, s'enroule dans les bras de son futur mari en pleurant, celui-ci ne sait plus où il est, perdu dans les coussins du canapé, hébété. Il s'inquiète, elle rassure. Un cauchemar, ce n'est rien, rien du tout. Dis-moi que tu m'aimes, dis-moi que tu seras toujours gentil. Dimitri promet, Dimitri caresse les cheveux, Dimitri étreint. Dis-moi que tu veilleras sur moi et que tu ne laisseras personne me faire du mal. Dimitri serre fort, aussi fort qu'il le peut, mais dans le petit jour qui se lève son regard est plus grave que ne l'est le timbre de sa voix.

FRED

« Ne perdons rien du passé.
Ce n'est qu'avec le passé qu'on fait l'avenir. »

Anatole FRANCE

Fred n'avait pas eu d'insomnies depuis longtemps, l'approche du week-end et l'appel de Clément ont sans nul doute réactivé quelque chose dans son inconscient. Les revoir tous, après un certain temps, réveille sa jeunesse, son enthousiasme, mais aussi sa plus grande peine. Il se lève sans bruit, soucieux de ne pas déranger Marie-Claire qui dort profondément. Il passe une tête dans la chambre des enfants et sourit, le cadet dort sur le tapis. Les garçons ont prolongé la soirée et le sommeil est venu cueillir son fils avant qu'il ne retrouve le chemin de sa piaule. Fred dépose une couverture sur le petit corps et sent sa propre poitrine frémir de contentement. Qu'ils sont doux et chauds ces souvenirs d'enfance. Il souhaite à ses fils de conserver longtemps de tels liens. Une peignée, une réconciliation. Une crise de jalousie dantesque, une embrouille pour rien, puis des jeux à n'en plus finir. Temps, contretemps, le tout formant une harmonieuse mélodie.

Fred gagne le salon et sort de sa cachette le paquet de cigarettes d'urgence. Tant pis pour les deux mois d'abstinence, il en a besoin pour chasser définitivement ces idées noires, sortir de la voiture, se défaire du poids qui l'envahit et l'écrase chaque fois qu'il y pense. Depuis, il a du mal à conduire. En tant que passager, ça passe encore, mais tenir le volant reste compliqué. Il s'y astreint, il n'en a pas réellement le choix. Il faut bien aller sur les chantiers et déposer les enfants çà et là, les courses aussi, même si Marie-Claire fait le maximum. Il faudrait qu'il retente l'EMDR, cette désensibilisation par des mouvements oculaires. Les quelques séances effectuées lui avaient fait du bien. La cigarette n'est même pas bonne, quelle connerie. Il l'écrase à regret et cache le reliquat de son méfait dans les secrets de la poubelle. Depuis quand n'a-t-il pas vu les autres ? Depuis quand n'est-il pas allé dans la maison ? Des mois ? Deux ans ? Dimitri a lancé l'invitation. Dimitri a toujours lancé le mouvement. Il tient à ce qu'ils soient tous réunis. Fred fait les cent pas dans le salon avant de s'avouer qu'il tourne autour du pot. Ce qu'il cherche est dans le buffet, les clichés que Marie-Claire a transmis à Doria. Elle est là, surtout, cette photo qui lui fend les organes et dont un exemplaire grand format trône dans le salon de la maison commune. Il s'y trouve avec les autres, près du banc, mais c'est d'un autre Fred qu'il s'agit. Un Fred naïf et candide. Il range la photo en soupirant. Rien ne sera jamais plus comme avant. Ils ont confirmé, il faudra bien se résoudre à y aller.

*

Vingt ans plus tôt, environ

Dieu qu'Hélène aime ces moments. Elle a organisé cette petite fête impromptue avec la complicité de Brune et de Clément, ses enfants. C'est que Fred a enfin obtenu son permis de conduire. Il lui aura fallu six fois, mais c'est un détail désormais. Le pauvre y a laissé pas mal d'économies et son lot de fiertés.

Elle a confectionné des canapés et acheté du champagne. Les amis de ses enfants sont également un peu ses gosses. Fred vit loin de ses parents, Dimitri ne s'entend pas avec sa mère et Pio, quant à lui, n'a plus qu'un père distant. Au fil du temps Hélène est devenue la figure maternelle de proximité, la référente de confiance. L'épaule et le conseil, sans que Brune ou Clément y voie rien à redire. Bien au contraire, ils l'ont plusieurs fois appelée à la rescousse pour leurs amis. Pour des cautions, des démarches administratives, mais aussi pour qu'elle les recueille à dîner quand les frigos étaient vides et que les périodes de révisions traînaient en longueur. Hélène trouve dans ce rôle le moyen de compenser les absences fréquentes de Louis, son mari. Mais pour l'instant, Hélène s'affaire avec sa fille. Elle retape les coussins du canapé, vide le contenu d'un paquet de chips dans une coupelle tandis que Brune vérifie que le champagne placé au congélateur ne s'est pas transformé en glaçon. La jeune fille se fige tout à coup en entendant des bruits sur le palier : ils arrivent !

En effet, sous prétexte de récupérer des sacs de couchage, Clément se présente, flanqué de Pio, Dimitri et bien sûr Fred, héros routier du jour. Pour une surprise, c'est une surprise, il ne s'y attendait pas ! C'est qu'il est tout ému. Il rougit, les autres rient. Vraiment, Hélène, tu es adorable. C'est tellement, tellement gentil. Fallait pas te donner cette peine. Mais si, mais si, tu plaisantes, Frédéric ! Le permis de conduire, bon sang ! Bien évidemment que ça se fête ! Pio, comme à son habitude, sourit et observe la scène en silence. Selon les rôles qui se sont naturellement distribués, il s'approche de la chaîne pour gérer la musique. Un bouchon qui saute, une assiette de petits-fours en vrac sur le tapis, la faute de Clément qui, une fois de plus, est passé par-dessus le dossier du canapé pour y prendre place. Mais rien n'est grave avec Hélène. Les cinq jeunes adultes sont autour d'elle, en bonne santé et souriants.

La porte d'entrée s'ouvre sans qu'aucun d'entre eux l'ait perçu et bientôt Louis se tient sur le seuil du salon, tout sourire. Il y en a du monde ! Qu'est-ce qu'on fête ? On ne m'a pas prévenu ? Il salue la jeune assemblée, appelle Pio une énième fois « Théo ». Ah oui pardon, je ne m'y ferai jamais. Rien ne transparaît car Louis maîtrise l'exercice, mais Hélène, qui a développé un malheureux sixième sens, sait pertinemment que, quoi qu'elle fasse, ce soir, la situation dégénérera. Brune et Clément d'expérience aussi, mais pour l'avoir maintes fois vécu, ils savent qu'en public il ne se passera rien. Tant qu'il y a des yeux, des oreilles, un potentiel jugement, Louis se tiendra convenablement. Mais pour Hélène, la fête est finie. Je pensais que tu revenais demain, je te sers quelque chose ? Et ce congrès à Cologne, alors ? Tout s'est déroulé comme tu l'espérais ? Le masque du patriarche est joyeux, mais dans ses yeux suinte le mépris. Alors Hélène s'active, le mouvement est sa parade, l'action, son refuge. Gagner la cuisine, s'agacer du four qui ne s'est pas mis en route. Vraiment, Louis, tu n'as pas faim ? Mais Louis ne calcule pas Hélène, il fait le beau avec les jeunes, s'assure de prendre la place qui lui revient. Il est chez lui, oui ou non ? Échange de regards entre Clément et sa mère, il est inutile de lutter. C'est fichu, profitez-en, semblent signifier les yeux tristes d'Hélène.

Alors Clément prétexte une soirée à laquelle ils ont promis de se rendre. C'est trop bête, pour une fois que je suis là, oppose vaguement Louis en se servant un whisky comme un verre d'eau. Hélène soupire faiblement. Hélène abdique, comme de coutume.

Alors les jeunes quittent les lieux, entre gêne pour les invités et douleur pour les enfants.

Alors la porte se referme sur Hélène, qui plaque un sourire mal façonné sur son visage éteint.

Quand Pio, Dimitri, Fred, Clément et Brune seront dans la rue, des cris à l'odeur d'alcool retentiront.

HÉLÈNE

« Une vengeance trop prompte
n'est plus une vengeance,
c'est une riposte. »

Henry DE MONTHERLANT
Malatesta

Le costume de l'employé est une taille trop petite. Hélène se demande s'il a appartenu à quelque autre qui aurait travaillé ici par le passé ou bien si l'homme conserve le même uniforme depuis plusieurs années, le poids des ans en plus. D'ailleurs ce type d'une quarantaine d'années s'occupe-t-il uniquement des commandes et des dispositions familiales ou a-t-il d'autres anses à son urne ? Se charge-t-il des mises en bière ou encore de la préparation des corps ? Il est des métiers dont on ignore tout, songe Hélène avant de revenir aux catalogues laissés à disposition. La mort est un commerce comme les autres. La veuve délaisse une imposante bible pour cheminer dans les allées. Ici ornements, vases, plaques, décorations en marbre, cœurs pimpés d'inscription.

— Bien entendu nous pouvons étudier les propositions, être au plus près de vos souhaits.

— C'est-à-dire ?

— Si le défunt avait une passion particulière, par exemple.

— Par exemple ?

— Une passion. Des hobbys.

— Tiens donc. Les passions de mon mari ?

L'employé toussote. Le costume est bien celui d'un autre, il n'est vraisemblablement pas aguerri. Un homme sort de ce qui doit être une réserve. Palpant la gêne ambiante il vient à leur rencontre avec un sourire particulièrement étudié, interconnexion parfaite entre le recueillement et la contrition. Il congédie le sbire d'un froncement de sourcils.

— Chère madame, comment puis-je vous être utile ?

Hélène sent sa poitrine se gonfler d'une impatience tout accidentelle.

— Je ne sais pas encore.

— Concernant le formulaire…

— Comme je le disais au petit monsieur, le corps de mon mari repose déjà dans ce qu'il est convenu d'appeler sa dernière demeure.

L'homme hoche légèrement la tête.

— En ce cas, dites-moi ce que je peux faire pour vous.

— C'est qu'on ne sait que choisir !

— Plaît-il ?

— Eh bien, voyez-vous, lorsque mon mari est décédé, j'ai été prise de court.

— La douleur…

— Voilà, la douleur. La sidération, la stupeur aussi.

— Bien entendu.

— Et figurez-vous qu'aujourd'hui j'ai des regrets.

— Des regrets ?

— Oui, nous nous sommes cantonnés à trop de sobriété.

Les yeux de l'homme, perdus jusqu'alors, s'allument.

— Vous voudriez un ornement supplémentaire ?

— Pourquoi un !

— Des ornements, donc ?

Hélène se met à papillonner de rayon en rayon.

— Après tout on ne meurt qu'une fois, n'est-ce pas ?

— Tout à fait, chère madame. Et vous auriez souhaité… ?

— Vous n'avez pas de nains ?

— De nains ? Je ne crois pas, non.

— Ou quelque chose d'approchant… Des animaux, sinon ?

— Votre défunt mari aimait les animaux ?

— Beaucoup ! Ainsi que sa petite personne, d'où le nain. Des serpents ? Vous auriez des serpents ? Une couleuvre !

— Eh bien… comme vous l'a mentionné Benjamin, nous pouvons opter pour une réalisation sur mesure, nos marbriers…

— En couleurs ? J'aimerais qu'il y ait beaucoup de couleurs, du rouge, du jaune, du vert. Une vipère et une couleuvre, et quelques nains…

— Concernant la couleur, puis-je vous conseiller une certaine unité ? La sobriété reste une valeur sûre.

Hélène étire sa bouche en un sourire glaçant.

— Je veux de la couleur, beaucoup de couleur. Mon mari aimait qu'on le remarque.

— Dans ce cas.

— Et un rat ? C'est faisable ?

MARIE-CLAIRE

> *« Chacun de nous a son passé renfermé en lui*
> *comme les pages d'un vieux livre*
> *qu'il connaît par cœur,*
> *mais dont ses amis pourront*
> *seulement lire le titre. »*
>
> Virginia WOOLF

Elle s'est occupée de rassembler les affaires. Les garçons sont si heureux de partir en vadrouille. Fred appréhende, elle en est bien consciente. Il est sur pilotage automatique depuis plusieurs jours. Elle le connaît son Fred, certainement mieux qu'il ne connaît lui-même ses tréfonds. Elle vibre selon ses pulsations. Ils sont à peu près faits de la même essence, aussi s'abstient-elle de le brusquer, préférant réitérer les mêmes réponses sans souligner qu'il a posé d'identiques questions. Oui, les places de train sont prises, les garçons sont fous de joie à l'idée de le prendre. Marie-Claire regarde Enguerrand et Séverin passer devant la baie vitrée. Il en faut peu pour les satisfaire, toujours à courir dans le jardin ou à vélo dans les parages. Au grand air, loin des écrans et des tentations urbaines. La pêche, le moto-cross, les chevaux. Quand ils seront plus grands, elle sera honnête avec eux, bien sûr. Elle leur expliquera sa vie d'avant, avant leur père, sa souffrance et les épreuves que l'on impose à soi-même pour fuir et se réfugier dans un ailleurs, quel qu'il soit. Elle trouvera les mots pour leur dire sa vie première, de jeune adulte, si éloignée de ce qu'ils connaissent de leur mère.

Fred appréhende trop le trajet pour s'y rendre en voiture. Dimitri, bien inspiré, leur a proposé de les récupérer à la gare. En sa présence, Fred ne dira rien pour les derniers kilomètres, succession de lacets. Ni l'un ni l'autre ne fera allusion au drame qui s'est produit en ces lieux.

Ils se mettront en route pour la gare après la tournée de Fred. Que lui a-t-il dit déjà ? Des équipes envoyées sur des tontes, tandis qu'il doit abattre des bouleaux chez un client avant le départ. Elle a appris les arbres au contact de son mari, paysagiste de son état. Des vies parallèles auxquelles elle ne connaissait rien. Les chênes si robustes, résistants quand ils ont la chance de croître en groupe, se révèlent fragiles en présence de hêtres ou autres essences silencieusement agressives. Les hêtres, donc, sont coriaces, stratèges, leur croissance est fulgurante. Plantés à proximité des chênes, ils ont tôt fait de coloniser leurs réseaux de racines. On ignore ce qui se passe en sous-sol, quelle lutte peut bien se mener. Des vies souterraines. En vingt ans à peine, les hêtres surpassent les chênes, squattant toute luminosité. Dimitri et Clément sont des hêtres, pense-t-elle, et Fred et Pio, des chênes. Pour ce qui est des bouleaux, c'est encore autre chose, ceux-là paraissent campés, solides et ancrés, mais question résistance, ce n'est pas ça. C'est d'ailleurs la raison pour laquelle il faut se méfier des coups de vent qui sont légion et soudainement violents dans leur secteur. Tout bon paysagiste se doit de connaître cette règle. Le bouleau, qui semble pourtant régner tranquillement sur une propriété, peut s'effondrer sans sommation.

Il y a quelque temps, Marie-Claire a reçu un appel de Doria. Celle-ci avait entrepris de mettre sur pied une rétrospective souvenir à l'occasion de la fête d'anniversaire de Dimitri et elle avait besoin de matière. Il faut dire que la propension de Fred à stocker n'est plus à rappeler… Elle n'a encore jamais rencontré Doria, mais elle l'a trouvée sympathique au téléphone. Marie-Claire n'est pas de ceux qui jugent sur les apparences ou les rumeurs, sans ça elle se serait déjà éliminée. Lors de leur conversation, elle a perçu de la profondeur chez la jeune femme et aussi beaucoup de douceur. Fred étant très pris par ses chantiers, Marie-Claire s'est attelée aux recherches dans le fourbi de la grange. Elle se souvenait qu'à leur emménagement Fred y avait remisé archives et dossiers. Photos, dessins, plans d'origine du domaine, le tout dans une énorme caisse métallique. Marie-Claire en a longuement trié le contenu. Il a été facile de rassembler les clichés les plus récents, moins nombreux, puisqu'à partir de trente ans ils se sont beaucoup moins vus. En revanche, pour ce qui est de leur vingtaine, ce fut une autre paire de manches ! Fred, passionné de photographie, immortalisait à tout va. Clément et Dimitri souvent au premier plan, Brune apparaît d'abord sur quelques clichés, avant d'intégrer pleinement le groupe. Pio, jamais sans sa guitare, les cheveux toujours en bataille. Et Fred, les yeux fermés une fois sur deux. Marie-Claire a l'embarras du choix… Elle connaît les grandes lignes de cette incroyable amitié, mais n'oublie pas dans quel état se trouvait Fred quand elle l'a rencontré, alors qu'il avait une petite trentaine d'années. D'ailleurs, lorsque ce dernier se plonge à son tour dans les souvenirs triés par sa femme, il se trouble rapidement. Passé les éclats de rire que lui procurent certains clichés oubliés, il se recroqueville imperceptiblement sur lui-même.

Dans le train, les garçons bouquinent en s'interrompant l'un l'autre pour évoquer le lac et le bateau à moteur tout neuf acheté par Dimitri. Paraîtrait même qu'il y a des quads ! Fred s'est endormi aux premiers roulis, laissant Marie-Claire seule avec un passé venu toquer à sa porte depuis l'ouverture de cette caisse de Pandore métallique. Elle l'a remise à sa juste place, au fond de la grange. Elle-même n'est pas ressortie indemne de ce bond en arrière. Une période parallèle à sa propre jeunesse. Ces recherches l'ont reconduite loin, dans un espace-temps qu'elle s'efforce de visiter le moins souvent possible. Il faut dire que lorsqu'elle a croisé la route de Fred, elle était également dans un sale état. Une loque, pour tout dire. Marie-Claire craint l'effet que ces retrouvailles produiront sur son mari. Oui, on peut dire qu'elle appréhende. Le Fred d'aujourd'hui est un chêne, le deviner élégiaque et éprouvé, même le temps d'un week-end, la rendrait presque agressive, elle s'en rend tout à fait compte.

Elle est à cran. Elle n'a pas le choix et devra rester vigilante pour deux. Le lien qui les unit est si fort qu'elle est triste s'il l'est, et euphorique lorsqu'il est joyeux. Le fait qu'il soit copropriétaire de la maison l'incommode. Fred ne s'y rend plus avec la joie d'antan, et par habitude ne s'y rend plus du tout. Qu'il soit encore sur cet acte de propriété n'a pas de sens.

Elle se souvient précisément du jour où elle a rencontré Fred, cette soirée déterminante pour leurs vies, au cours de laquelle ils avaient eu la sensation de trouver leur moitié. Cette nuit où tous les deux pressentaient, après avoir été des âmes abîmées, qu'ils mutualiseraient leurs efforts pour tendre vers un meilleur. Le naturel avec lequel la suite s'était enchaînée… Elle sortait d'années compliquées et douloureuses, et son addiction à diverses drogues avait eu raison des liens qu'elle entretenait avec sa famille, en rupture totale avec la société. Marie-Claire se reconstruisait lentement après plusieurs rechutes. À ce moment déjà, Fred avait eu des difficultés à expliquer l'attachement viscéral qui l'unissait à ce groupe d'amis, et elle s'était immédiatement sentie sur la défensive. Elle devrait tenir ces personnes relativement éloignées si elle voulait construire une vie avec cet homme. Son instinct lui intimait de toujours rester sur ses gardes. On connaît ou, à défaut, on imagine sans peine les amitiés adolescentes qui durent, qui forgent. Les projets, autant de promesses, et puis la vie… Pour Fred et ses amis, le collège, puis le lycée. Des étés qui s'étirent, à camper sur le terrain attenant à ce qu'est devenu le domaine. Lorsqu'il évoquait ce passé, Fred pouvait passer du rire aux larmes et il lui faisait alors l'effet d'un enfant abandonné.

La vie, mais le hasard, aussi, avec la coquette somme gagnée au loto et investie dans la maison. Dans cette maison il y eut les petites amies de passage, les fêtes, les vacances, les barbecues et les réveillons. C'est également là que fut émise *l'idée*. La trouvaille qui préfigurerait une start-up, banque de données musicales accessible en téléchargement. Les supports musicaux changeaient, ne perdureraient pas de façon indéterminée, le CD avait déjà remplacé la cassette, et il avait semblé évident, au cours de l'une de ces soirées d'été où l'on disserte sur l'avenir autour d'une dernière bière, que celui-ci se tiendrait ailleurs que dans des vecteurs matériels. Fred avait expliqué à Marie-Claire que le concept revenait à Pio, de loin le plus créatif de la bande. Seulement, qu'est-ce qu'une idée ? Un concept parmi tant d'autres… Une idée, en fin de compte, n'est rien de moins qu'une brise dans laquelle on est libre de lâcher ou non un cerf-volant. Ce que Dimitri et Clément firent l'année suivante en lançant dans des bureaux de fortune ce qui deviendrait vite la plus grande plateforme française de téléchargement.

Les hêtres, les chênes, et le lierre. Le lierre s'adapte à tout support, et Brune s'adapte à tout milieu, c'est ainsi que Marie-Claire voit les choses. Mais Marie-Claire sait aussi que cette histoire n'est pas la sienne. Elle ne lui appartient pas, elle n'a aucune légitimité pour juger ces rapports. Même si, selon les dires de Fred, ils avaient toujours rêvé d'un projet commun, et même si, pour finir, Dimitri et Clément avaient fait cavaliers seuls… Fred et Pio auraient pu choisir de couper les ponts, demander des parts, mais, comme il se doit dans tout mariage sans doute, si on ne s'exprime pas au moment clé, on choisit de se taire à jamais. Au fond, si une zone d'ombre plane au sujet du concept originel et, de fait, sur une société désormais cotée en Bourse, cela ne la regarde pas. Alors peu importe que Marie-Claire n'ait jamais accès à ce que pense réellement Fred de cette affaire, il tient très fort à ces amitiés. Le lien qui unit Marie-Claire à son mari repose sur le respect, la confiance et la tolérance. Elle s'accroche à ces piliers. Lui-même, lors de leur rencontre dans ce centre de repos pour âmes égarées, s'est gardé de lui demander plus que ce qu'elle a bien voulu livrer de sa propre histoire. Marie-Claire sait que Fred a tout compris sans qu'elle ait besoin de tout lui dire.

L'esprit de Marie-Claire vagabonde dans le wagon, de couple en couple, de familles en fratries, combien de secrets ? Que faut-il dire ? Qu'est-il bon de révéler ? Le passé compte-t-il toujours autant qu'on le prétend ? Avec Fred, ils sont parvenus à construire un avenir sain et serein. Le reste, on s'en fiche. Ils ont cette chance inestimable d'avoir trouvé un équilibre.

Pourtant Marie-Claire est soucieuse, oui. Soucieuse, mais pas jalouse. L'argent et la réussite, elle les leur laisse sans l'ombre d'un remords. Elle a pris Fred avec ses failles et ses forces, mais il est une faiblesse dont il n'est pas pleinement conscient et qu'elle redoute par-dessus tout. Par-delà les conversations trop enthousiastes de ses enfants qui font lever les yeux au ciel des aigris du wagon, Marie-Claire sort de sa poche un cliché que Doria lui a dit déjà avoir. Ses doigts se crispent : peu importe l'argent, mais elle tient à sa famille et à ce qu'ils ont construit. Elle détaille longuement les cinq personnes qui s'y trouvent et soupire. Pourvu que ce saut dans le passé ne ravive pas trop de rancœurs.

NATHALIE

« L'envie est de toutes les passions humaines la plus constante. »

Francis BACON
Essais, IX

— Nathalie ? Tout va bien ? Tu devais dîner avec nous ?

— Non, je passais à tout hasard…

— Ah… bah le hasard ne fait pas toujours bien les choses, parce que Anaïs ne rentre pas avant deux heures et moi, je dois sortir. Tu veux que je l'appelle ?

— Non, non.

— Tu es sûre ?

— Oui, ne t'inquiète pas. J'aurais dû prévenir avant. Mais j'étais dans le coin, donc…

— Attends, c'est trop bête ! Je ne vais pas te laisser sur le pas de la porte.

— Aucun problème, je t'assure, Clément. Je vais rentrer et commander quelque chose.

— Hors de question que tu restes seule.

— J'ai honte. Je m'incruste bien trop souvent chez vous…

— Ne dis pas de bêtises. Je dois filer, mais tu peux rester en attendant le retour d'Anaïs. Romane est à la danse, mais Milo est là. Milo, tu viens dire bonjour à Nathalie ?

MILO

« Il sentait en lui-même le plus grand désordre. Il avait peur de ne pas pouvoir se maîtriser. Il essayait de s'accrocher à quelque chose, de penser à quelque chose, quelque chose de tout à fait fortuit, mais ça ne marchait pas du tout. »

Fiodor DOSTOÏEVSKI
Crime et Châtiment

Il a sacrément merdé. Difficile de dire comment tout ça a débuté, mais quoi qu'il en soit, et une chose en amenant une autre, sa vie est devenue un énorme bordel.

Il perçoit le bruit des casseroles, c'est Linda qui s'active dans la cuisine. Quelle heure peut-il bien être ? Et merde ! Il est grave à la bourre. Nan mais c'est même plus la bourre, là, il est carrément en avance pour demain, en fait ! Il a appuyé trop de fois sur le rappel de l'alarme du téléphone, comme d'hab. Faut vraiment qu'il se couche plus tôt. Au moins deux fois par semaine. Allez, au moins une fois. Romane débarque dans sa chambre à la recherche de ses AirPods. Qu'est-ce que foutraient les AirPods de sa sœur dans sa chambre, sérieux ? Vas-y, sors de là, toi ! Et puis t'as raison, ouais, faut pas s'en faire, surtout, fais bien comme chez toi ! Toque pas, c'est ça ! Ça commence fort, elle s'annonce au poil cette journée. Milo rassemble ses livres et ses cahiers, bientôt le bac et ce crétin de Roussin qui impose encore des devoirs sur table. Des sujets qui ne sont même pas au programme ! Totalement pervers, ce prof. Son ventre gargouille, il tâte ses abdominaux sculptés : il a une dalle de l'espace. Avant de filer sous la douche, Milo se rend dans la cuisine et colle une bise sonnante sur la joue de la gouvernante. Elle hausse les épaules en soupirant. Ah celui-là, son fayot préféré ! Il ne sait pas comment demander en vitesse des œufs au plat alors il minaude. Mais non, Linda, c'est pure gentillesse, totalement désintéressée, s'amuse Milo, qui constate avec satisfaction que l'employée de maison faussement irritée ouvre le frigo et sort œufs et jambon. Vite la douche, vite le sac de sport pour ce soir, vite le téléphone, purée trente notifications. Il pourrait le laisser ici, dire qu'il l'a oublié, dire qu'il ne trouve plus le chargeur, mais il est trop accro, comme tous ses potes. Et puis il ne peut pas se passer de musique toute une journée. Au fait ! C'est qu'il a totalement zappé la répétition de basse ! Hop, les partitions en vrac dans le Eastpak qui va bien. Romane surgit à nouveau, cette fois dans un tourbillon de parfum et de laque, je te prends ton sweat, là le Jordan il est bien XL, c'est parfait parce que ça pique ce matin. Non, mais elle est pas vraie, elle !

— T'as cru que mon armoire c'était une extension

de ta piaule ? T'en as pas quatre-vingt-deux, à toi, des sweats ? Barre-toi, allez.

— Oui, mais celui-là, il sent ton odeur et j'aime ça, raille sa jumelle.

Elle le gave dès le matin, mais sans son existence, le monde ne serait pas le même. Plus tranquille, c'est certain, mais aussi plus terne. Milo saute dans ses Nike, remonte son jean juste ce qu'il faut pour que l'élastique de son caleçon dépasse – un chouia, hein –, traverse la cuisine, dévore debout le festin de Linda – bon sang, comment elle se débrouille pour que ce soit toujours aussi bon –, t'es la best, Linda, tu régales, c'est ouf ! et s'éloigne avant de revenir lui refaire une bise. Tellement grand, tellement petit. La gouvernante rougit, elle aime ces gosses, qu'elle considère comme les siens. Elle a été embauchée à leur naissance pour gérer l'intendance et le quotidien, les repas puis les devoirs – de fil en aiguille presque tout – même si niveau devoirs elle n'a plus le niveau requis depuis un moment. Romane rejoint son frère dans l'ascenseur.

— Tu commençais pas à huit heures, bro ?

— Tais-toi, c'est la cata, Roussin va me clouer au mur.

Romane enchaîne déjà des vocaux à ses potes, ils se verront dans deux minutes, mais il n'y a pas de temps à perdre pour l'ado au look de skateuse. Sur le téléphone de Milo aussi les notifications se succèdent, mais pas question d'ouvrir les messages en présence de sa sœur.

— Papa dormait encore ?

— Oui comme d'hab depuis la vente de la boîte,

et Maman est partie super tôt à Levallois. Comme une furie, qu'est-ce qu'elle est speed en ce moment.

Dans la poche de Milo les clés du scooter de leur père bringuebalent et Romane lève un sourcil circonflexe en les découvrant. T'abuses, Mil. Elle est marrante Romane, comme si elle se privait de l'emprunter. C'est elle qui a initié le raccourcissement de ce prénom déjà bien affûté. Mais lui, ça le dérange pas. Dans la bouche de sa sœur, ça sonne affectueux. Clin d'œil fraternel, check et bim, ils se séparent sur le trottoir. Chacun son bahut, Milo s'est fait virer l'an dernier, une histoire de vol qui ne le concernait même pas. Seulement il l'a fermée car les mecs bien ne balancent pas, jamais. C'est la base. Allez, petit scooter, à nous deux. Là, tout doux… Oui, il abuse, mais de toute façon Clément – Romane fait enrager leurs parents en les appelant par leurs prénoms – ne fait rien de ses journées, et s'il se décide à sortir eh bien qu'est-ce que tu veux que je te dise, il marchera. Un peu d'exercice lui fera pas de mal et maintenant qu'il a ses nouvelles baskets, le bitume lui appartient. Un vrai king du trottoir, le padre. Quel sketch ces pompes. Ça a ému Milo, en réalité. Il voit son père différemment depuis. Enfin, déjà il le voit tout court, et il y a pas que la couleur des baskets, c'est juste que c'était pas le cas avant, et par « avant » comprendre avant la vente de la boîte. La crise a débuté avec les casseroles, ou plutôt la batterie de cuisine. Heureusement que Linda a décidé d'utiliser le stock de moules à bon escient parce que Clément, lui, n'y a pas encore touché. Puis les baskets, non cet orange est plutôt chiadé pour finir. Au début ça saute aux yeux, et puis c'était un peu comme imaginer Winnie l'Ourson en perfecto, ou un schtroumpf avec des santiags, mais maintenant ça passe. On se fait à tout, en ce bas monde, la preuve. Croiser son père avec ces baskets aux pieds ne le choque même plus. Milo file dans les rues de Paris. Il faut quand même qu'il fasse plus attention, il a salement rayé le scooter la semaine dernière. Il arrive juste à temps, juste avant que le pion ne bloque la grille, il speede jusqu'à la salle de cours, regard noir de Roussin qui s'apprête à fermer la porte : Mil 1 – Roussin 0. Sa poche vibre une fois encore, Milo met le téléphone sur mode avion, il consultera les messages après le devoir sur table. Il sait déjà que lorsqu'il rallumera l'appareil, Nathalie aura laissé dix messages de plus.

Ensuite il a eu physique, la prof a seriné tout le cours qu'avec l'éclipse totale qui n'a lieu qu'une fois tous les trente-six il se pourrait que cette année ils tombent là-dessus au bac. Il a du mal avec le principe, les exercices d'optique lui donnent du fil à retordre, faudrait qu'il demande à ses parents de reprendre quelques cours avec Tania, l'étudiante canon qu'ils avaient embauchée en début d'année pour le remettre à niveau. Ça, pour te remettre à niveau, elle t'a remis à niveau, frérot, s'est longtemps gaussé Thomas, le meilleur pote. Tu parles qu'il aurait bien aimé, mais il a pas osé, voilà. Ses notes se sont améliorées, c'est toujours ça, mais il a fait que mater. C'est peut-être là que tout a commencé en fin de compte, ouais, il a pas osé faire des avances à Tania parce qu'elle avait deux ans de plus que lui. Ensuite ? Ensuite il a eu le malheur de croiser la route de Nathalie, ou plus précisément de se trouver seul avec elle, parce que Nathalie fait de longue date partie du paysage familial, et c'est bien ça le problème. La journée de cours terminée, Milo se presse, il a cours de boxe puis répétition avec le groupe qui est en train de se former grâce à l'entremise du prof de basse. Une guitare, une basse, une batterie, un chanteur, c'est plutôt de bon augure et ils s'accordent bien.

— C'est qu'il est pressé notre tombeur ! lance Paul-Victor, stationné devant le bahut avec ses groupies.

Manquait plus que ce naze, se dit Milo en attachant son casque d'un geste assuré. Faut pas de tout pour faire un monde, ça, c'est des conneries, l'univers se passerait totalement de ce mec… Il fait mine de ne pas entendre, mais, vu les rires engendrés par sa première tirade, Paul-Victor se rengorge et fait tapis, le con.

— C'est vrai que notre Milo, lui, il joue pas dans la catégorie des meufs fraîches ! Il kiffe les cougars !

Un adjectif possessif accolé à son prénom dans la bouche de ce trou du cul, ça lui file direct des remontées gastriques, mais Milo préfère encore secouer la tête et décoller. Ça craint, on commence à savoir, à parler. Ça craint. Ajoutez à ça Nathalie *herself* qui pète un câble et on est à un cheveu du désastre. Le comble, c'est qu'il n'était pas spécialement populaire auprès de la gent féminine, il cumulait vraiment pas les conquêtes, c'est le moins qu'on puisse dire, mais, depuis que la rumeur court, il croule sous les œillades des plus jolies filles du lycée. Toujours l'offre, toujours la demande, toujours se faire désirer, la vie affective à venir le fatigue par anticipation. Milo roule, Milo grille un feu, Milo pense Nathalie, pense éclipse, pense week-end prochain où Dimitri fêtera son anniversaire, sans doute avec la démesure qu'il affectionne. Milo voudrait sécher ce week-end, mais c'est impossible. Dimitri reste son oncle même si Brune et lui ont divorcé, et puis, et surtout, il l'aime beaucoup, il aime aussi sa réputation de killer. D'ailleurs, Dimitri l'a appelé en direct pour s'assurer qu'il serait de la fête. Non, ce qui l'ennuie le plus, c'est Nathalie. Il se demande si elle sera là, elle aussi, au titre d'amie éloignée. Elle pourrait insister ou magouiller, cette garce, alors que, de base, elle fréquente plus ses parents que Dimitri. Milo essaie encore de se convaincre qu'il n'est pas à l'origine de l'enchaînement. Plus il y pense et plus il fortifie la théorie selon laquelle il s'est simplement et bêtement laissé faire. Il a dix-sept ans, merde, et les hormones à fleur de peau, c'est pas un scoop, et même, soyons honnêtes, à fleur de bite… Nathalie avait dormi dans la chambre d'amis après une soirée trop arrosée et il n'avait pas cours. Ils se sont retrouvés seuls à l'appartement après le départ de Linda. Il a pas dit non quand elle est entrée dans sa chambre, pas dit non quand elle a refermé la porte et senti tout à la fois une poussée d'adrénaline et de testostérone. Elle n'avait pas à faire ça, l'amie de sa mère, la maturité, tout ça, elle devait tenir son rôle et elle a provoqué. Bien entendu, il fallait s'y attendre : maintenant elle prétend le contraire. Elle reparle à Milo de ces instants avec émotion, souligne à quel point il a été entreprenant. Elle a tout fait pour le revoir, organisé des rendez-vous secrets, des plans dans des hôtels de luxe et, oui, il s'y est rendu la plupart du temps. L'interdit, l'excitation, le désir de repousser des limites, Nathalie a toujours su se montrer persuasive. Elle est très belle, très classe, charismatique oui, et elle est également émouvante dans sa peur de vieillir, parce que Milo n'est pas dupe, Nathalie est à sa façon un vampire qui, désespéré de voir le temps filer entre ses doigts, est en quête d'une fontaine de Jouvence. Subitement, il en a eu marre. Ce moment coïncide avec l'arrivée de Lilas dans sa classe. Lilas, le garçon manqué hyper sexy, inscrite dans la même école de musique que lui, Lilas aux yeux sombres trop maquillés et aux bagues à tous les doigts. Lilas et ses dix-sept ans, ça, Nathalie n'a pas supporté. Au début elle a dit qu'elle comprenait, qu'ils avaient eu de beaux moments et que ce serait leur petit secret, et là, seulement, toute l'histoire lui a paru malsaine. Avant il avançait, elle plantait des jalons, des bornes, il suivait sans trop se poser de questions. Et puis il y trouvait son compte, il doit l'admettre, et la transgression potentialisait ses ressentis. Il vibrait, c'était cool, voilà. Ensuite Lilas qui l'éconduit alors que, fort d'une toute nouvelle virilité, il tente sa chance. C'est là qu'il est vraiment parti en vrille. Il s'est vengé sur Nathalie, l'a rendue chèvre, comme s'il avait pu une seconde imaginer avoir le dessus sur pareille mante religieuse. Elle insistait pour le revoir, son mec venait de la larguer et elle creusait un peu plus son déficit d'estime alors il a dit OK, Milo. Mais à ses conditions. Il voulait des thunes, pas mal, elle lui devait bien ce petit geste et puis c'était pas comme si elle en manquait. Il s'est montré blessant, il prenait sa revanche sur le refus de Lilas. Nathalie a dit oui, sans sourciller. Voilà comment un petit mec de bonne famille, absolument à l'abri de considérations financières, s'est retrouvé dans la parfaite posture du gigolo. Bien vite un rapport de force s'est établi à ses dépens, Nathalie s'est sentie humiliée et a voulu lui rendre la monnaie de ses biftons. Elle lui a parlé d'une collègue, inconnue de ses parents, il ne courrait aucun risque. Elle le testait, bien évidemment, il l'a capté. Elle savait qu'il refuserait, qu'il n'était pas au fond ce genre de mec, et dans les yeux de Nathalie la victoire flottait déjà. Alors Milo a crânement lâché un énorme oui. Il se paierait une nouvelle gratte. Nathalie a ouvert la bouche légèrement, soufflée qu'elle était, et Milo a eu la confirmation qu'elle ne l'en pensait pas capable. Pourquoi s'est-il rendu au rendez-vous ? L'ennui, le désœuvrement, la violence en son ventre éprouvée en croisant Lilas avec un mec, ses parents absents, trop occupés, cette vie facile où il se passe jamais grand-chose de palpitant ? Cochez les cases qui vous plairont et toutes si ça vous fait plaisir. Il a fait ce qu'il avait à faire, la copine était du même genre, elle avait des étoiles dans les yeux. Un moment, Milo s'est dit que le monde était en train de se vider de sens et de beau, mais il a mis son cerveau en pause et exécuté tout ce qu'il avait appris.

Il gare le scooter et se grille une clope en attendant les autres. Il a pris une douche en sortant du sport mais transpire encore. Après la première copine de Nathalie, il y en a eu deux autres et ça ne l'a plus amusé du tout, seulement l'autre folle était lancée et définitivement givrée, surtout. Elle s'est mise à lui téléphoner pour qu'il raconte, qu'il détaille, elle voulait des comptes rendus « pour s'assurer que tout se passait bien ». Ensuite, elle a décrété qu'elle assisterait, sans participer, et Milo a paniqué vraiment. Il a eu cent fois l'envie de tout déballer à sa mère et même menacé de le faire : grave erreur... Ne jamais, au grand jamais, acculer une psychopathe. Le soir même elle débarquait chez eux en pleurs et à grand renfort de mouchoirs, brandissant le spectre d'une dépression dans la cuisine familiale. Anaïs l'a beaucoup réconfortée, leur mère est vraiment sympa... Après deux semaines de visites de ce genre, Nathalie a tenté le chantage : Milo devait lui accorder une entrevue par semaine ou elle déballait tout à ses parents. Cerise sur la pièce montée fourrée à la merde, il est tombé sur Paul-Victor en sortant avec elle d'un hôtel... Qu'aurait-il pu faire ? Appuyer sur une touche *reverse* qui n'existe pas ? Voilà la seule réponse. Croiser ce con sur ce bout de trottoir lui a servi d'électrochoc, Nathalie pouvait bien afficher ce qu'elle voulait en quatre par trois dans le métro, il ne céderait pas et ne répondrait plus à aucun de ses messages. Ils se croiseraient toujours, très bien. Il jouerait le jeu, son jeu à lui, le rôle qu'il n'aurait jamais dû quitter, et cette tarée et ses fantasmes pourraient bien crever et aller se faire botoxer le cul.

Milo rentre, joyeux. La répétition s'est vraiment bien passée et sur le retour il a croisé Lilas. Il avait sa basse sur le dos et elle a engagé la conversation. Paraîtrait qu'elle chante, et qu'elle serait pas contre un essai. Milo sifflote, qu'il est doux de sentir les feux d'artifice intérieurs.

— T'as la patate, Mil, on dirait ! lance Romane en se vernissant les ongles de noir.

— T'as pas une chambre, meuf ?

— Ta lampe de bureau fait sécher le vernis nickel.

Imparable, c'est sûr. Oui, Milo chantonne. Ce soir, la vie est belle. Ce soir, ses dix-sept ans semblent légers, il se remet aussi sec à jouer un peu de basse.

Romane se lève brusquement.

— La bonne ou la mauvaise ? demande-t-elle en fermant la porte de la chambre.

Milo comprend que dans quelques minutes la vie sera moins belle, finalement. Sa sœur s'installe sur le lit et le regarde avec force.

— À ta place, je choisirais d'abord la mauvaise.

Milo hoche la tête, il est prêt.

— Nathalie sera là le week-end prochain.

La basse lui glisse des mains, il la rattrape in extremis. Les mots manquent pour dire la honte, l'effroi, la stupeur d'apprendre la présence de cette folle et de comprendre que sa sœur est au courant.

— La bonne, Mil, c'est que je suis là.

HERVÉ

« La tristesse vient de la solitude du cœur. »

MONTESQUIEU
Arsace et Isménie

Hervé aime ces moments. Dans ces heures, se loge encore la possibilité d'une humanité dont l'existence est dorénavant mise en doute. Il ne saurait expliquer pourquoi il se prépare ainsi pour mener les réunions. Il se rase de près durant l'heure qui précède, enfile une chemise propre qu'il agrémente d'une cravate colorée. Certains le charrient, un peu. Hervé, la cravate, t'es sûr ? Il rigole en retour, conscient que c'est trop solennel, mais il tire une grande fierté d'être désormais à la tête de cette association qui l'a tant soutenu, alors même qu'il se faisait dialyser toutes les semaines, espérant un don de rein. Il voit cela comme un juste retour des choses. Il s'estime redevable, voilà pourquoi il se fait beau. Pour les autres, donc, et un peu pour lui, aussi.

Il y a ceux qui viennent une fois et qu'on ne revoit jamais. Tout le monde n'est pas en mesure de recevoir de l'aide ou de se livrer. Parfois, quelques-uns reviennent après un certain laps de temps, après la mise en place des protocoles sanitaires digérée et la vie de dialysé ou de greffé intégrée.

— Bonsoir, tout le monde.

Les salutations fusent, tout autant que se dessinent çà et là des sourires francs, larges ou timides. Hervé ne serait pas homme à s'en vanter, mais la fréquentation de son groupe parle d'elle-même : il sait mener les échanges et écouter. Hervé est très apprécié.

— Eh bien ! Je vais devoir sortir quelques chaises pliantes supplémentaires, à ce que je vois !

— Bientôt le Stade de France, Hervé !

Les rires éclatent avant que, d'un geste doux et résolu, l'homme à la cravate impose un silence respectueux.

Il y a Simon, trente ans, Ava, la petite quarantaine. Il y a un frère et une sœur. Lui vient d'apprendre qu'il est compatible et souhaite donner un rein à sa cadette. Il y a Raymonde, qui ne raterait une réunion pour rien au monde, en souvenir de sa fille malade. Il y a également cette femme. Elle semble biche aux abois, avec ses grands yeux et son air effarouché. Elle est presque trop renseignée pour une néophyte sur le sujet qui les concerne, et doit vraisemblablement ingurgiter toute la littérature qui fait référence aux problèmes rénaux. Les soucis de santé lui sont tombés dessus soudainement. Hervé connaît ça, la violence d'une annonce qui tranche avec les problématiques qui évoluent à bas bruit. Elle s'appelle Rose et elle l'émeut. Durant les réunions, au cours desquelles elle s'exprime peu, elle passe par toute une palette d'émotions. Cela va de la gêne à la concentration extrême, quand les autres se racontent, jusqu'à l'abandon, lorsqu'ils en viennent aux traditionnelles étreintes. Hervé est attentif aux réactions de chaque participant, mais la souffrance de Rose est quasi inscrite sur ses traits. Elle a toujours décliné le dîner qui suit la réunion et auquel tous sont chaleureusement conviés. Oui, Rose l'émeut. Hervé ne peut se retenir de la plaindre, tout simplement parce que ce qui crève les yeux, chez Rose, c'est qu'elle est seule avec sa douleur.

ANAÏS

« Et alors, il s'est passé quelque chose.
Je me suis laissé aller dans un total
oubli de moi-même, envahi par la nuit,
le silence et la plénitude.
J'avais trouvé la liberté. Perdre tout espoir,
c'était cela la liberté. »

Fight Club

Elle en a marre Anaïs. Oh, ce qu'elle en a marre… C'est pas imaginable ce qu'elle en a marre. Ras le bol, plein le dos, le cul, tout ce que vous voudrez, docteur, du moins poli au plus aiguisé et du plus courtois au plus contondant. Pourtant ça avait bien débuté, oh rien que de très classique, ne vous emballez pas. Un storytelling de base. Dragouillages, fréquentations, présentations officielles, aux amis – proches et éloignés – pour terminer par les parents. Ça dormait l'un chez l'autre, puis c'est parti en week-end. Ensuite, fatalement, est venu le temps de la cohabitation. Une valise par-ci, une brosse à dents par-là, et voilà trois culottes dans ton tiroir. Deux loyers, c'est tout de même trop bête ! Je crois que je t'aime assez fort pour te supporter au réveil et te border le soir un peu trop aviné. À quel moment le scénario s'est-il grippé ? La grossesse ? L'échéance de la lune de miel ? L'habitude, peut-être, ou le travail mis en pause ? Les contraintes quotidiennes qui, en s'additionnant, se potentialisent de façon exponentielle ? Non, ce n'est pas si simple, rien n'est si simple, c'est plus sournois, voyez-vous. Les changements s'opèrent imperceptiblement. Ou bien, peut-être – attendez je ne suis sûre de rien – oui, peut-être voit-on tout simplement les choses différemment en comparaison des débuts ? À bas les filtres, arrachons les masques, au diable l'optimisme et la mièvrerie ! Mon cœur adoré, ce défaut dont je raffolais au commencement me donne aujourd'hui l'envie de vivement t'étriper, et ton rire, que je trouvais si délicieux, fait naître en moi un certain désir d'écorcher des chats. Par dizaines, au moins. Je t'aimais, je crois que je ne t'aime plus trop, étant donné la pente je te détesterai bien vite, et si ça continue je me charge de t'éviscérer.

Madame D, psychiatre de son état, écoute, note, et incline la tête en rythme, le tout en calquant sa posture sur celle de sa patiente afin de la mettre la plus à son aise possible. Elle ne soupire pas, Madame D, elle se retient, il faut dire qu'elle a l'habitude, elle pratique l'exercice purgatoire cinq jours sur sept depuis vingt ans. Mécanicienne de l'âme. Évacuer les trop-pleins, vidanger les esprits. Récurer les humeurs, les sucs, la bile et les rancœurs est son lot quotidien. Oui, Anaïs en a particulièrement marre aujourd'hui, note Madame D, c'est un fait. La patiente, soudain, s'excuse, demande à la thérapeute si elle n'en a pas plein le dos, elle aussi, de recueillir les doléances à tour de bras. Combien de patients se présentent-ils heureux de leur sort ? Elle est gênée, Anaïs, car hors ces murs elle est plutôt sympa, très sympa, même, vous savez. Ses amis l'adorent ! Elle est dynamique, bienveillante, prête une oreille attentive aux plaintes rébarbatives, soutient dans les coups de mou, supporte dans les coups durs, et dépanne toujours en cas de problème. Preuve irréfutable, elle reçoit, avec son mari Clément, une foultitude de copains, et même de copains de copains, lors de joyeux et mémorables dîners. Elle a tout de la femme active qui vieillit bien, Anaïs. La tête bien faite et honnêtement pleine, le corps encore ferme à quarante-cinq ans, un mari aux baskets orange particulièrement gonflant ces derniers temps, certes, mais qui a promptement réussi, et deux adolescents tout aussi convenablement mignons dans leur genre. Il y a de belles pièces dans son dressing et une collection de chaussures à faire pâlir Patricia Blanchet. Alors quoi ? Quoi ? Pourquoi, Madame D ? interroge et supplie Anaïs. Pourquoi ne supporte-t-elle plus rien ni personne ? Pourquoi rêve-t-elle de sortir de cette peau, de trouver la fermeture Éclair ?

Anaïs a un temps pensé que sa pause professionnelle était la raison de ce mal-être. Logiquement, donc, car elle est de ceux qui réagissent, elle s'est remise en selle aux six ans des jumeaux. Et pourtant, malgré cette reprise, la faille continue de s'élargir, inexorablement. Irrémédiablement ? Telle est la question qui tourmente Anaïs. Alors quoi ? Madame D ?! Vous m'entendez, oui ou non ? Depuis le temps que je viens vous voir, je veux des réponses, j'y ai droit. C'est un dû ! Si vous aviez une carte de fidélité, j'aurais atteint le niveau maximal de points, j'empocherais – contre frais de port, cela va de soi – des mugs estampillés du logo de votre cabinet. Vos initiales. Très bon choix, sobre, efficace. Non, je veux du concret, désormais. Les hochements de tête ne suffisent plus. Je sais bien que vous me comprenez et que vous savez pertinemment que jamais – au grand jamais ! – je n'irai étriper de chat ou éviscérer de mari, mais je veux un embryon de solution à tout ça. Merde. Pardon, je suis désolée, ça m'a échappé. J'espère ne pas avoir été trop vulgaire. Vous savez ce que c'est, quand on s'emporte… Merci encore, docteur, à la semaine prochaine.

Une heure le jeudi, Anaïs exulte, mais ressort apaisée. C'est devenu un passage obligé, une modalité dans son planning. Parfois elle rit, dans la rue, une fois la colère de la semaine larguée dans la salle de consultation. Rien n'a vraiment changé, mais oui, elle se sent mieux. Elle tolérera ce soir deux *adolechiants* et un mari nombriliste au possible. Clément est devenu insupportable depuis qu'il est désœuvré, il râle pour tout et survole carrément leur vie de famille. Elle a entendu parler de ceux qui fracassent de l'électroménager à la hache, dans des hangars. Elle a bien envie d'essayer. Elle suggérera l'idée à sa collègue Johanna. Toujours partante pour une expérience barrée, Johanna. Elle consulte son téléphone et s'inquiète, son amie Nathalie a tenté de la joindre six fois sans laisser de messages. Vraiment pas en forme Nathalie ces temps-ci. Anaïs zappe vite cette information, elle se doit d'être à l'heure. Oui, ce soir en particulier, il serait vraiment malvenu d'être en retard. Elle ne raterait ces moments pour rien au monde, en dehors des rendez-vous chez Madame D, évidemment. Mais lors de ces parenthèses, il est encore question d'autre chose. C'est son jardin ultrasecret. Son trésor, son précieux. Sa bouée de sauvetage, n'ayons pas peur des mots.

Anaïs pénètre par la petite porte, celle située sur le côté, tout à proximité du local à poubelles, bientôt elle savourera une dose de réconfort en intraveineuse, de la gentillesse taillée dans le brut, sentiment pur, bloc, mode massif. Les premières fois, elle s'est installée au fond de la salle puis s'est gentiment fait oublier. Les autres l'ont laissée en paix, tout à sa timidité. Ces autres respectent, observent la réserve que l'on ne pratique plus en société. L'appréhension des nouveaux. Elle s'est tenue juste là, simplement. Médusée. Le plus ironique c'est qu'Anaïs passait par hasard. Poussée par la curiosité, avide d'indiscrétion, elle n'avait pas résisté à une soudaine et irrépressible envie, emboîtant le pas à ceux qui patientaient en attendant l'ouverture des portes. Peu de temps auparavant, elle était tombée sur une rediffusion de *Fight Club* et la coïncidence l'avait troublée. Maintenant c'est d'un pas décidé qu'elle s'introduit dans ces salles mal éclairées. Elle fait partie des habitués, là, ici, ou en cet autre lieu. Signe de tête, sourire, clin d'œil, ensuite silence respectueux : le meneur de groupe prend la parole. Le conducteur du jour donne le tempo, plus ou moins habilement, des échanges et des témoignages, en fonction des présents et de la sensibilité de chacun. Il accompagne récits et soupirs, pleurs, complaintes, tout autant que lueurs d'espoir… jusqu'à l'incontournable épilogue.

L'incroyable conclusion de séance qu'Anaïs escompte comme un enfant attend Noël.

Pour survivre, il faut quatre gestes d'affection par jour. Huit pour vivre, douze pour croître. Ce n'est pas Anaïs qui le dit, c'est paru dans *Le Monde* il y a quelques années, dans un article très sérieux rédigé par des chercheurs non moins respectables. Une étude révélait que les contacts humains faisaient cruellement défaut à nombre d'entre nous, et ce, toutes catégories sociales confondues. Étrange péché mignon s'il en est, curieux passe-temps pour qui saurait, c'est autre chose que vient désormais chercher Anaïs : un abandon sincère et du réconfort. De l'amour gracieusement distribué. En l'espace de quelques mois, la chef d'entreprise est devenue addict aux groupes de parole et à leurs réunions. Elle teste un peu tout, revient en fonction des affinités et de l'ambiance. Il y a ce groupe de personnes atteintes de la maladie de Lyme, ceux anciennement sujets aux troubles alimentaires. Elle a testé une fois la cellule Gilles de la Tourette, mais la situation s'est révélée trop compliquée à gérer. Elle rejoint ceux qui doivent vivre avec la maladie de Crohn et d'autres qui sont dialysés ou greffés. Elle n'a jamais osé tout ce qui tourne autour du deuil, encore moins périnatal, tout comme elle ne s'aventurerait pas, par respect, dans les cercles qui traitent des violences conjugales. Elle est la plus réservée, la plus silencieuse, s'épanche peu. Elle écoute religieusement et surtout ne juge jamais. Elle n'a pas l'intention de faire du mal à quiconque, elle veut juste être présente, être là avec eux. Ce que désire Anaïs, c'est prendre dans ses bras de parfaits inconnus et être étreinte en retour. Ils sont Gérard, Luce, Francis et Malik. Ils sont Hervé, Chantal, Samia et Raymonde. Ils sont nombreux, ils sont une entité, une masse bienveillante. Impossible, bien sûr, de parler à quiconque de ce hobby. Personne ne serait en capacité de comprendre qu'Anaïs souhaite être enlacée sans aucun autre dessein. Filer vite, ensuite, prendre la direction de l'appartement familial, renouer avec le cours de sa véritable vie. Un pur rail de bonheur. La honte, un peu. Et la culpabilité, aussi. Mais Anaïs, fausse parmi les vrais, jure solennellement que ses intentions sont bonnes. Elle n'est pas fière de jouer tantôt la toxico repentie, et d'autres soirs la quadra en rémission d'une quelconque pathologie.

À ces bémols elle pensera ensuite. Plus tard, dans la tiédeur d'une couette, juste avant de sombrer dans un sommeil jamais tout à fait réparateur. La médaille et son éternel revers, que voulez-vous… C'est ainsi. Inévitable, mais justifié. Ces moments lui redonnent de l'espoir. L'espoir que tout n'est pas perdu et que le reste de son effrayant chemin mérite d'être parcouru.

Anaïs n'est pas parvenue à révéler son secret à Madame D. Elle prend garde de ne jamais laisser sa vulnérabilité en vue. Elle la range soigneusement et serre les dents. Elle ravale les horreurs qui se pressent sur le bout de sa langue, juste derrière ses lèvres, et elle réchauffe chacune de ses paroles avant de les servir à son entourage. Elle est ainsi faite, a ainsi été éduquée. Contrôler, accepter, tenir et avancer pour ne pas s'effondrer. Elle gère tout. Anaïs prend d'infinies précautions, choisissant des réunions suffisamment éloignées de son domicile pour ne pas être confondue. Elle ne peut envisager d'être privée de ces moments de répit, petits miracles déposés par l'entremise de Brad Pitt sur son chemin. L'idée lui est purement insupportable. Ces étreintes fugaces, secrètes et sans équivoque, constituent une soupape.

Bien mieux et plus efficaces qu'un amant, plus sûres qu'une substance illicite.

CLÉMENT

« On vit de ce que l'on obtient.
On construit sa vie sur ce que l'on donne. »

Winston CHURCHILL

La secrétaire le connaît bien, il fait partie des patients privilégiés. Ceux qu'on glisse entre les interlignes de plannings, qu'on intercale, ceux dont le docteur prend en compte le travail important et encombrant. Maintenant qu'il a le temps, Clément pourrait prendre rendez-vous, faire comme le commun des mortels, ceux qui patientent en salle d'attente, planifient, prévoient. Oui, il le pourrait, mais il ne s'est pas fait chier des années à bosser comme un con pour assister sans rien dire à l'évaporation de ses derniers privilèges. Et puis c'est différent, il a des fourmis. On ne parle pas de rhume ou d'hémorroïdes, non. C'est potentiellement neurologique, il le sait, il le sent, il ne maîtrise plus sa vie et fatalement son corps prend le dessus, le cerveau est en train d'abdiquer. D'ailleurs le médecin fronce les sourcils quand Clément revient sur les symptômes. Intempestifs, déstabilisants, pas la moindre foutue logique. Totalement inopinés, c'est à n'y rien comprendre. C'est l'anarchie dans ses avant-bras, une révolte épidermique gronde et il ne peut rien faire. Ça le rend dingue, annonce-t-il en joignant les secousses des bras à la parole. Le médecin inspire profondément. Il entrouvre la bouche et se gratte la commissure des lèvres avec un air pénétré. Il examine le grand brun, au mitan de sa vie, et les comptes rendus des spécialistes déjà consultés. Le professionnel expire lentement, comme s'il voulait gainer son filet d'air dans une direction minutieusement choisie. Clément le sent, il va lui annoncer une pathologie dramatique. D'ailleurs, au regard que porte le toubib sur lui, il s'efforce de trouver ce qui peut se situer au-dessus de dramatique dans l'échelle des galères de santé.

— Du repos, du calme, des antidépresseurs.

Une mauvaise passe, le doc est formel. Pas vraiment alarmant, mais un état qu'il ne faut pas laisser s'installer. Tout à fait classique dans son cas. Mais de quel cas Clément est-il exactement le sujet ?

— Le désœuvrement, reprend le médecin.

L'inactivité soudaine. Ça passera, mais interdiction de prendre ces manifestations psychosomatiques à la légère, de les sous-estimer, surtout si elles deviennent à ce point obsédantes. Clément sort du cabinet médical ni soulagé ni convaincu. Psychologique ? Tel un zombie il prend le chemin de l'appartement, il a subitement besoin de dormir, il cligne des yeux. Au bout de sa main, un petit sac siglé d'une croix verte contient des vitamines et une boîte d'antidépresseurs. Le paquet se balance, à contretemps de ses pas, heurtant à un rythme régulier sa cuisse droite. Il n'est pas certain de vouloir prendre des médicaments. Lorsqu'il passe le seuil du loft, Romane l'observe sans un mot. Elle assimile, il le voit, l'information « sac de pharmacie », mais n'interroge pas. À peine un signe de tête à son intention, Clément ne pense qu'à son lit, enfouir la tête dans l'oreiller, se cacher sous les draps, sentir le poids rassurant de la couette garnie de plumes d'oie, se fondre dans ce refuge quelques heures.

Milo entrouvre la porte de la chambre. Il s'assoit sur le bord du lit et secoue doucement son père.

— Tu vas rater la fête de Brune ! Maman est partie il y a un moment.

Clément, vaseux, ouvre un œil. Il se frotte la tête, se redresse. Il ne sait plus où il habite. Bordel, l'inauguration ! Il a totalement zappé et bien sûr Anaïs, mesquine vengeresse, blessée par sa bouderie Adrenalyn, s'est fait une joie de le planter.

Il remercie son fils d'une tape sur l'épaule, ému par son intervention en cette période tendue. Ils ont si peu échangé ces dernières semaines. Ils restent, durant une poignée de secondes, à se dévisager silencieusement. Clément sait qu'il devrait glisser quelques mots à Milo, lui confesser qu'il fait ce qu'il peut ces temps-ci, qu'il compose avec les moyens du bord, qu'il a pleinement conscience d'être merdique, mais il doit se rendre à l'évidence : s'il veut arriver avant la fin de la soirée de Brune, il doit partir sans attendre. Il attrape son téléphone, ouvre l'application Uber et peste. C'est l'heure de pointe et les voies sur berges sont fermées à cause du pic de pollution. Milo lui lance un trousseau de clés dans un clin d'œil. Son fils a raison, il ira en scooter.

Sur la route, Clément souffle. L'air frais achève de le réveiller tout à fait. Il n'oublie rien. Jamais. Note excessivement peu de choses, se targuant même d'organiser son planning à la quasi seule force de sa mémoire. Déjà, il avait zappé le week-end des grandes retrouvailles pour l'anniversaire de Dimitri. Et puis Brune, c'est vrai, lui a rappelé l'ouverture du cabinet au téléphone. Encore hier, il y a pensé. Pourtant, sans l'intervention de Milo, il se serait posé après sa sieste devant un documentaire animalier ou devant cette série sur les Vikings.

Il s'arrête à un feu et pense aux multiples dîners auxquels ils sont conviés, auxquels il se rend sans jamais se demander s'il s'agit d'un devoir ou d'un plaisir. Il était mû par le travail, entraîné par leur vie mondaine. Dans une action permanente, sans que cela lui cause de soucis.

En redémarrant à un stop, il a soudain une vision de leur famille. Ricoré. Tous beaux, souriants. De la réussite, de l'esprit, une flamboyante facilité qui doit faire des envieux. Jamais il n'a pris le temps de savourer cela. Il marque une priorité à droite, et se rend compte qu'il arrive les mains vides. Tant pis, Brune ne s'en formalisera pas et il se tape de ce que penseront ses associés. Il gare le deux-roues sur le trottoir, enlève son casque et avise la Mini d'Anaïs mal stationnée, à cheval sur un trottoir.

Il a désormais deux heures de retard. Au travers d'une grande baie, il distingue des silhouettes. Des éclats de voix parviennent jusque dans la rue. Il semble qu'il y ait foule à cette inauguration. D'après Brune ils sont une dizaine de spécialistes et presque autant de paramédicaux à exercer ici.

Il avise la devanture d'un fleuriste de l'autre côté de l'avenue. Il devrait s'en foutre. Il devrait y aller ainsi, Brune ne lui en voudrait absolument pas, mais rien à faire, c'est plus fort que lui, il *doit* apporter quelque chose. En quelques minutes il a convaincu l'employé de rouvrir la caisse et choisi la plus grosse composition d'orchidées, quelque chose de très imposant, limite obscène, qu'il déposera à l'accueil, preuve de son passage, preuve qu'il est venu, qu'il n'a pas oublié. Clément pénètre dans le hall avec un seul but : placer les orchidées en évidence, comme un tennisman écraserait sa balle de match au vu et au su de tous. Un ace végétal vengeur.

Clément cherche Anaïs, mais les visages qu'il détaille sont ceux de parfaits inconnus. La tête commence à lui tourner, gentiment d'abord, puis de façon plus prononcée. Il s'appuie sur la borne d'accueil en essayant de donner le change, lorsque Brune se manifeste enfin. Sa sœur est belle, elle dégage quelque chose, un je-ne-sais-quoi de serein et d'assuré. Le travail lui va bien au teint, il s'en était déjà fait la réflexion. Ici, elle paraît heureuse alors que Clément sait par quoi elle est passée. Le divorce douloureux, suivi du départ de Lison pour Londres, et puis, bien entendu, le décès brutal de leur père quelques mois plus tôt. Louis, patriarche très éloigné du papy gâteau, mais leur père tout de même. Clément regrette encore de ne pas s'être ouvert à Brune, de ne pas lui avoir dit son mal-être. À elle, il aurait pu confier le décès de Paul, le fait qu'il ait raté sa mort et son enterrement. Sa sœur a eu l'élégance de ne jamais revenir sur son incapacité à accepter les deuils de leurs proches – à commencer par celui de leur père –, préférant chaque fois esquiver les sépultures, ne sachant pas affronter la douleur des autres, ni la sienne. Oui, sa sœur le comprendrait, c'est certain. Il voudrait s'isoler un peu, lui dire ce qui l'écharpe de l'intérieur. Lui expliquer les ronces et les griffures, la suffocation et les fourmis, ces putes de fourmis. Il encaisse le sourire de Brune, toute à sa joie, avec gratitude. À défaut de se décharger de son fardeau il emmagasine sa chaleur et stocke son affection.

Brune, soudain, remarque la composition géante qui encombre la borne d'accueil. Il n'aurait pas dû, d'autant qu'Anaïs a fait envoyer un bouquet de leur part dans la matinée. Clément retient un rictus. Ça lui fait plaisir. Il s'adosse à un mur, ressentant le besoin d'un soutien physique. Qu'est-ce qui lui prend maintenant ? Pourquoi se place-t-il en compétition avec sa propre femme ? Il aurait lâché trois cents balles dans ces orchidées dans le seul but de marquer son territoire ? Anaïs et lui ne forment pas ce qu'on appelle un couple fusionnel. Anaïs va et vient et il en fait de même. En fin de compte, sa femme pourrait avoir plusieurs amants qu'il ne s'en apercevrait pas, tiens. Dix-huit ans de vie commune… Leurs échanges sont maintenant teintés de l'ironie de ceux qui s'agacent, de ceux qui se connaissent si parfaitement que toute surprise est devenue quasi impossible. On appelle routine cette certitude que l'on peut dégainer avant l'autre, deviner les pensées à venir et la façon dont il défendra son point de vue. Certes leurs accrochages et ses sautes d'humeur sont plus fréquents depuis qu'il n'a plus d'activité, mais depuis peu c'est autre chose… Les heurts cèdent doucement la place aux rancunes muettes et aux frustrations. Clément n'avait pas conscience de cela auparavant, et à présent qu'il a tout l'espace-temps pour observer leur vie de couple, il la découvre dénuée d'envie.

Clément fixe les orchidées. Elles le jugent, ces orchidées, du haut de leur prix exorbitant, il en est certain. Les nombreux bourgeons pleins de promesses le toisent. Brune revient vers lui après avoir salué des invités.

— Tu es sûr que ça va ? Tu es tout gris !

Clément marque un temps d'arrêt. Il n'en sait rien. Que répondre ? Il va dire oui, soyons honnêtes, personne ne désire entendre autre chose qu'une réponse affirmative à cette question. Surtout Brune, surtout ce soir. Sa sœur trempe ses lèvres dans une flûte de champagne en souriant alentour. Anaïs est déjà partie ? Elle devait se rendre à une soirée, c'est bien ça ? Clément tente de confirmer mais le résultat n'est pas probant. Brune pose une main réconfortante sur le bras de son frère. C'est la merde et elle le sent. C'est la merde et ils en reparleront, voilà ce que conclut leur échange de regards.

— Allez… File donc t'occuper de tes invités, lâche Clément.

Brune l'embrasse sur la joue, elle est tellement plus forte que lui en cet instant. Plus forte qu'elle ne l'a jamais été. Comble de tout, Clément ne s'est jamais senti aussi perdu. Sa tête tourne encore, un peu d'alcool lui fera du bien. Il saisit une coupe de champagne en observant un adolescent qui semble boire en cachette de ses parents. Quelque chose dans cette frêle silhouette le touche, une chose qui fait écho en lui, une tristesse qui résonne. Une onde qui passe d'instants en personnes, qui filtre et se répercute à travers les événements.

Clément termine sa flûte, sa main tremble et ce n'est pas l'alcool. Les fourmis. Il prendra les médicaments, le doc a ses raisons. À moins qu'il ne demande un rendez-vous à un confrère de sa sœur, pour un second avis. Clément, désorienté, tourne sur lui-même. Sa boussole interne a rendu l'âme, voilà tout. Il tourne et ne sait vers quoi se diriger. Mandarine Adrenalyn, batterie de cuisine ou néant. Il tangue sans percevoir d'issue, tandis que Brune, malgré les tsunamis essuyés, se tient droite et fière.

Il tourne, l'ado le dévisage, la gêne le gagne, il faut qu'il rentre.

Il tourne, pose sa flûte et entend ce rire léger, indécemment humain, presque irréel.

Il tourne et en cherche l'origine, étonné qu'autour de lui personne ne se soit tu. Il tourne juste assez vite pour être percuté en plein cœur, juste assez vite pour entrevoir cette nuque, ce cou, ce dos. La violence du choc est telle que Clément a besoin de s'asseoir. L'ado, du bout de son pied, fait glisser vers lui un tabouret. Le temps de le remercier d'un mouvement de tête et la nuque déjà n'est plus.

Il se lève d'un bond et fend la foule, conscient que plus aucun de ses actes n'est régi par son encéphale, lucide qu'autour de lui on s'étonne. Il avance, pousse des portes, avale des couloirs. Ces cheveux relevés, ce rire, léger comme l'air, il n'a pas été ému de la sorte depuis les premiers pas des jumeaux. Partout des visages, des sourires, des yeux écarquillés, mais pas de nuque.

Une main sur son épaule, tout va bien, monsieur ? Sa tête va imploser, il se sent fragile, si frêle, les fourmis décrivent des cercles concentriques sur ses avant-bras.

Et ses jambes l'abandonnent.

Mais il lui semble que, même cassée, sa boussole interne vient de retrouver un nord.

Au fond de son lit, Clément n'ose pas bouger.

Tout cela n'a pas le moindre sens.

Romane dépose un baiser sur son front et une tasse de thé sur la table de chevet. Clément se redresse pour permettre à sa fille de retaper les oreillers. L'adolescente se blottit contre son père. Écartant son bras, elle se faufile contre son flanc. Clément décide de profiter encore un peu de son statut de quasi-mourant avant de reprendre le cours d'une journée normale. Brune appelle pour la troisième fois de la matinée et Milo, qui filtre les appels, s'en amuse. Oui, il va mieux. Il râle, c'est qu'il va mieux.

Hier soir sa femme a veillé sur lui, mais tôt ce matin elle est retournée à l'agence. Bien sûr elle a posé des questions, évidemment elle s'est fait du souci, mais Clément estime qu'Anaïs aurait dû proposer de prendre sa journée, au moins pour la forme. Un malaise vagal, probablement une hypoglycémie, mais comment en être certain après tout ? Elle a filé de bonne heure, comme s'il s'était agi d'une bronchite. Clément est blessé, pour tout dire. Est-ce du dédain ou de la maladresse ? Sa femme et lui évoluent parallèlement, réunis le soir venu par la famille qu'ils ont formée.

Les jumeaux, eux, sont inquiets. Clément se force à terminer une assiette de pâtes pour gagner sa permission de sortie. Il veut aller récupérer lui-même le scooter.

Cette nuque, ces épaules, le léger duvet au creux du cou. Il ne pense qu'à elle depuis qu'il a repris connaissance sur le sol du couloir. Il y a aussi pensé lors du trajet, dans la voiture, quand Brune l'a reconduit. Cent fois depuis, il s'est refait le film de cette apparition. Même chose en se glissant dans les draps. Il veut retourner sur les lieux du crime, enquêter, chercher et trouver où se tapit l'évanescente créature qui, en un clin d'œil, a défoncé son spleen pour le laisser plus orphelin encore quelques secondes plus tard. Déjà en manque… Découvrir qui est cette femme, il le faut. Il concentrera tous ses efforts dans cette nouvelle entreprise.

C'est insensé, mais c'est ainsi : lui dont les vertus cardinales sont d'ordinaire pragmatisme et rigueur est soudain persuadé que de cette nuque dépend son salut.

Pour la troisième fois en dix jours, Clément passe voir Brune au cabinet. Il a d'abord prétexté rapporter ici un livre, là un foulard. Le reste du temps, il a marché, chaussé de ses fidèles Mandarine Adrenalyn. Sous le soleil, contre le vent, sous la pluie. Le jour, la nuit parfois, et durant toutes ces heures dérobées à la vie, il a fantasmé la sienne. Sa vie aux côtés de la nuque. Il devient fou, c'est un fait, mais cette folie est délicieuse. C'est même la chose la plus réconfortante qu'il ait connue ces derniers mois. La nuque chasse la douleur de la mort de Paul. La nuque en vacances, la nuque au théâtre, la nuque à son bras au cours d'une soirée. Mieux que Martine. Elle aime le vin et le fromage. Elle fait du sport, mais sans excès, parce qu'elle assume sa féminité et ne compte certainement pas céder aux diktats. La nuque est drôle, la nuque est passionnée. La nuque est une Terre promise.

— C'est quoi ton problème ? lui lance Brune en le devançant dans le couloir du cabinet médical.

À chacun de ses passages, Clément scrute les assistantes, les patientes. Mardi il a même attendu la fermeture, posté au café d'en face, mais il ne l'a jamais revue. À son grand désespoir, la nuque s'est volatilisée.

Brune pose sa tasse à café sur la table de la salle de repos dans un petit bruit sec qui fait sursauter Clément.

— J'ai d'habitude un mal fou à te joindre et depuis l'inauguration, tu vis quasiment dans le quartier…, raille la dermatologue.

Brune ébouriffe les cheveux de son frère, soupire puis s'excuse. Elle ne peut rester plus. Elle doit retourner traquer les sillons nasogéniens et combler quelques rides du lion. Et puis elle a des ennuis, une sombre histoire de marqueur noir et de conseil de l'ordre. Clément, à son tour, s'apprête à se lever quand une femme entre dans la pièce. Elle lui sourit, lui tourne le dos pour sortir un mug du placard. Les fourmis débarquent. C'est elle. C'est la nuque. La jolie nuque dans cette tunique noire.

Elle pivote à nouveau, charmante, envoûtante, ouvre une boîte qui contient un éclectique choix de sachets de thé, non sans avoir préalablement enclenché la bouilloire électrique. Le frère de Brune, c'est bien ça ? Pardon, elle, c'est Charlotte, elle est psychologue. Sa sœur est excessivement drôle, un vrai bonheur de travailler avec elle. Clément la fixe sans parvenir à articuler quoi que ce soit. Les parois de sa trachée ont dû fusionner. Il ne s'exprimera plus jamais, cela ne fait aucun doute. Ses genoux s'entrechoquent et il remercie le ciel de se trouver en position assise.

La nuque est revenue dans sa vie.

Il fera tout pour entrer dans la sienne.

Désormais, Clément connaît l'emploi du temps de Charlotte dans les moindres détails. Bien sûr, il est conscient que son obsession nouvelle flirte dangereusement avec la psychopathie, mais il ne lui veut aucun mal. Sa présence l'apaise, la voir le réchauffe. Il respire plus amplement, Charlotte rouvre en lui des zones qui s'étaient sclérosées.

Durant une semaine il s'est contenté de l'observer, quelques petites minutes par jour. Là, il a besoin d'une dose plus importante. Et puis, en toute honnêteté, il est temps qu'il consulte, qu'il prenne un deuxième avis, ne serait-ce que pour les fourmis. Dans la salle d'attente il tripote nerveusement son smartphone. Il a envoyé un SMS à Anaïs pour lui annoncer qu'il s'apprêtait à consulter un thérapeute et elle s'en est félicitée aussitôt.

« Ça ne peut pas te faire de mal. »

Clément n'éprouve pas même une once de culpabilité. Il ne sait pas où ce chemin va le conduire, mais il l'emprunte, et d'un pas décidé. Lorsque Charlotte passe la porte, elle marque un temps d'arrêt, légèrement surprise, puis finit par sourire. Clément respire. Poli, il feint la boulette. Il n'aurait pas dû ? Charlotte secoue la tête, cela n'a pas d'importance puisqu'ils ne se connaissent techniquement pas.

Dans le cabinet, Charlotte amorce le dialogue, attrape un crayon de bois, soulève ses cheveux et les noue en chignon. Pour masquer son trouble, Clément focalise son attention sur la pointe charbonneuse qui émerge de la masse châtain et ouvre les vannes. La vente de ses parts, principalement, la prise de conscience soudaine d'une vie creuse et dénuée de sens. Comme s'il avait longtemps marché à tâtons et qu'on avait tout à coup allumé la lumière. Son insatisfaction chronique, ses migraines, les fourmis. Anaïs et les enfants qui lui paraissent presque étrangers. Son absence de rêves, aussi. Et puis le décès de Paul, qui vient dire une nouvelle fois comme son rapport à la mort et aux enterrements est problématique. Sérieusement, qui se débrouille pour rater les enterrements ? Charlotte pilote, Clément réagit. Elle aiguille habilement et il s'étonne. Ces phrases qui jaillissent si facilement, ces théories qui prennent sens à mesure qu'on les énonce à voix haute, c'est déroutant de naturel.

Les minutes ont couru, la séance est terminée.

Durant ce laps de temps les fourmis sont restées loin. Il aurait pu continuer des heures, seulement il faut déjà partir. Il se retient de quémander un prochain rendez-vous à Charlotte alors que son corps supplie de la revoir. Fort heureusement pour lui, la thérapeute propose une date tout en consignant ses notes dans un petit carnet noir.

Sur le chemin du retour, Clément a l'étrange sensation de s'ouvrir au monde. Il ne regrette pas d'avoir provoqué cette situation. Ce n'est ni très académique ni déontologique, mais il n'a pas la moindre envie de lutter.

Anaïs prépare un écrasé de pommes de terre dans un saladier acheté lors de la folie cuisinière de son mari. La cuisine embaume la truffe. Elle lève les yeux. Il n'a tout de même pas oublié le dîner ?

Son regard glisse jusqu'aux mains vides de Clément.

— Et le dessert ?

Clément se ferme. Il a oublié, ça arrive à tout le monde, non ? Il en a pour vingt minutes. Et puis, tant qu'on y est, il serait temps d'envisager le divorce.

Anaïs pose le presse-purée et d'un doigt repousse sa frange épaisse. Elle est livide. Il avait oublié le bleu perlé de ses yeux. Ils ont foncé depuis leur rencontre, comment a-t-il pu ne jamais s'en apercevoir ?

Anaïs se détourne et empoigne en tremblant le presse-purée.

Vingt minutes. Qu'il ne tarde pas.

Il a été odieux, un sombre connard, tout le long de la soirée. Anaïs, elle, a traversé le dîner en amazone. La douleur tapie sous le maquillage, la tristesse enfouie sous sa jolie robe : insoupçonnable. Admirable de force, vraiment. Lui n'a fait aucun effort, n'a quasiment pas pris part à la conversation. Il a regardé sa femme se débattre en haute mer, malmenée par les déferlantes. Cependant elle n'a pas coulé et a priori les invités n'y ont vu que du feu.

Il ne saurait dire pourquoi il éprouve du ressentiment à l'égard de sa femme. Pourquoi il lui a sorti cette méchanceté, comme ça, gratuitement ? Oui, il lui en veut. Il enrage de se sentir seul alors qu'ils sont censés être deux. Il est furieux que personne ne l'ait alerté de la situation, de cette fuite en avant qu'il menait. De cette supercherie phénoménale. Après tout, peut-être qu'Anaïs n'est pas non plus consciente de la mystification dans laquelle ils vivent. Il n'a pas écouté grand-chose à ce qu'il s'est raconté, ce soir, autour de la table. Il pensait à Charlotte, à ces mots, dépression, désamour, crise du milieu de vie, qui dans sa bouche ont une saveur délicieuse.

Anaïs se tient à côté de son mari. Elle reçoit les remerciements et minimise les flatteries au sujet du repas servi. À bientôt. Si peu de chose. Toujours un plaisir. Une fois la porte refermée, et sans même lui adresser un regard, elle tourne le dos à Clément et fonce droit sur la chambre. Elle s'enferme à clé. Il n'aura pas droit à une scène, seulement au lit de la chambre d'amis. Clément se laisse lourdement tomber sur le matelas. Il a plus bu que parlé, il s'endormira vite. Dans un demi-sommeil il perçoit une présence. Romane allume un faible éclairage et se penche sur lui. Sa fille est furieuse, ses yeux noirs le mettent au défi.

— Tu chies grave dans la colle, Papa. T'es au courant ? Fallait que quelqu'un te le dise, alors je te le dis.

Clément attend, en apnée, mais sa fille le laisse en plan. Où était-il jusqu'à aujourd'hui ? Loin de leur réalité, mais là pourtant. Poussé en avant par la vie, et finalement maître de rien.

— Elle pleure, insiste Romane avant de quitter la pièce.

Il ne sent rien. L'information crachée par sa fille devrait le retourner, mais il ne sent rien. Il est devenu imperméable aux siens. Rien ne compte plus que Charlotte et le feu d'artifice d'émotions ressenti le soir de l'inauguration. La nuque lui a prodigué un massage cardiaque et il revient à la vie.

En attendant que Charlotte se montre, Clément patiente en surfant sur le Net. Il a ses habitudes, suivre la nuque est devenu une routine, la filer, une promenade de santé. Toutefois, ce matin, force est de constater qu'il a péché par excès de confiance. Il ne s'est pas suffisamment mis en retrait de la rue et Charlotte l'a vu.

Elle s'approche. Il va nier. Qu'elle est belle. Ses pommettes hautes, son nez droit, ses cheveux châtains comme une cascade. Il va prétexter le hasard. Paris est un village. Ils vont en plaisanter, elle a beaucoup d'humour. Peut-être même le gratifiera-t-elle de ce rire cristallin, celui qui l'a percuté ce soir-là et qu'il rêve d'entendre à nouveau.

Charlotte avance, le visage fermé. Ils ne vont pas en plaisanter. Il hésite, s'il nie et qu'elle est décidée à en découdre il apparaîtra ridicule. Peut-être s'agit-il de l'un de ces moments où tout bascule. Oui, peut-être doit-il se lancer, simplement lui dire l'entière et inconditionnelle vérité, celle de l'évidence. Charlotte le fixe froidement, ça s'annonce mal. Il ne tiendra définitivement pas la scène du hasard. Elle attend, silencieuse, et comme il ne dit rien, déclare sur un ton où aucune émotion ne filtre qu'elle l'a déjà aperçu la veille. Il ne doit pas s'en vouloir, les transferts sont monnaie courante. Cependant, il est indispensable de prendre les mesures qui s'imposent pour ne pas laisser la situation s'enliser. Alors Clément, soulagé, s'emballe. C'est tout sauf un transfert puisqu'il est venu vers elle sans savoir quelle était sa profession ! Il parle de ce soir-là, de la nuque, de ce cou frêle et gracile, si subtilement émouvant, émergeant de cette tunique noire. De la décharge d'émotions perçue, de ce qu'il a ressenti depuis, alors même qu'il se croyait définitivement anesthésié. Charlotte se tait, elle pose la main sur son avant-bras. Il tente d'expliquer différemment, quand elle répète plusieurs fois la même phrase. À voix basse. Le forçant à s'interrompre pour comprendre.

— Ce n'était pas moi.

Clément rit. Faiblement. Nerveusement, bientôt.

— Je suis désolée, enfonce-t-elle.

Il s'attendait à tout, en tout cas à beaucoup de choses, mais pas à cette parade. Il escomptait l'énervement ou la colère, des cris peut-être. Mais en aucun cas cette issue. C'est tout simplement impossible.

Charlotte, patiemment, argumente. Elle portait une robe verte. Un vert très soutenu. Immanquable. Le vert de l'espoir, bête croyance collective pour se porter bonheur dans cette nouvelle aventure professionnelle. Une robe verte, et un foulard. Charlotte paraît navrée. Elle est désolée, ses doigts serrent légèrement le poignet de Clément. Il est perdu, il va se reprendre. La période qu'il traverse est complexe, Charlotte l'invite à venir une dernière fois en séance, il faut qu'ils débriefent tout cela, et ensuite elle l'aiguillera vers un collègue.

Clément est sidéré. Stupéfait, il n'éprouve même plus de honte.

Si ce n'est elle, qui est donc la nuque ?

Pas elle… plus de nuque ? Mais, dans ce cas, son existence est vaine.

Il se sentait si bien au cœur de son mirage, et celui-ci disparaît sans laisser d'adresse ?

Ses épaules pèsent des tonnes. Sa tête, lourde et bouillonnante, penche vers l'avant. Il est pitoyable.

Clément est incapable de rentrer. Ses Mandarine Adrenalyn l'ont finalement mené dans un bar à cocktails. Il a échangé des banalités avec un groupe de jeunes flamboyants, s'est senti irrémédiablement vieux et épouvantablement con. Il s'est trouvé effrayé de ce que l'instant lui renvoyait, a bien saisi ce qui passait dans le regard de certains. Alors, il a éprouvé le besoin physique d'être chez lui, de s'enfoncer dans un de ses clubs. Dans l'entrée il accroche sa veste puis avise l'agenda de Romane qui traîne non loin, sur une desserte. L'objet est couvert de dessins, de signatures et autres sigles qui sont pour lui autant de hiéroglyphes. Il retourne à sa propre adolescence, à l'insouciance enfuie, et envie à ses enfants l'optimisme qu'ils ont, chevillé au corps. Pourtant, ils ont déjà tant grandi.

C'est sans nul doute, il en prend soudain conscience, ce qui le retourne, presque autant que la nuque et la vacuité de son couple. Personne ne l'a prévenu que le temps passerait si vite. Milo et Romane mûrissent sans se soucier de lui, avec bonheur et insouciance. Si peu d'hésitations que c'en est indécent. Il est fier, qu'on ne s'y trompe pas, de les voir si puissants, mais leur envol prochain du nid le renvoie à son propre effondrement. À son propre déclin. À croire que désormais chaque seconde compte double.

Clément secoue la tête. Oui, il déraille. Il se doit d'être lucide et honnête avec Anaïs, il a perdu de vue ses objectifs. Il doit se retrouver avant de se fourvoyer pour de bon. Et il se frotte les mains. Les fourmis, encore ces putains de fourmis.

*

Dix-sept ans plus tôt

Au petit matin, Brune a décliné la sortie. Il était question d'une journée ski nautique et elle avait mal au ventre. Les quatre garçons ont éludé la problématique mensuelle féminine avec toute la gêne empêtrée que le sujet suscite habituellement chez le sexe dit fort. Avant de partir, Dimitri a embrassé tendrement la souffrante, proposant qu'elle emporte un livre sur le bateau, histoire de ne pas rester seule à la maison. Brune a secoué négativement la tête tout en le rassurant. Elle lirait, oui, mais confortablement installée sur un transat.

Brune a regardé la voiture s'éloigner sur le sentier et, en apnée, elle s'est rendue jusqu'à la salle de bains. Parce que des douleurs menstruelles, depuis trois mois, Brune n'en a plus. Sa poitrine s'est tendue au cours des dernières semaines et elle a peur, peur de regarder ce test en face, peur de ces lignes troubles et bleutées. Brune sait. Elle dépose le bâtonnet sur la faïence vieux rose. Pour la première fois, elle détaille les nuances parme et violacées dans les carreaux, qui ne sont pas sans rappeler certains ciels de fin de journée. Très kitsch, cela dit, mais la priorité des travaux qu'ils ont communément engagés est allée ailleurs que dans cette salle de bains.

Brune gagne à pas lents le rez-de-chaussée, puis le jardin. Il fait scandaleusement beau. Il a plu dans la nuit, une de ces pluies d'été qui laissent dans l'air, un long moment encore, une odeur de mousse et d'herbe. Afin d'occuper les vingt minutes réglementaires mentionnées sur la notice, elle déambule, pensive. Mélancolique. Ce test va être positif, ce n'est qu'une formalité. Elle sait qu'elle porte un enfant. Ses pas la mènent devant la grande photo que Fred a développée la semaine précédente. Il les a convoqués d'une voix grave. En découvrant le résultat, ils sont restés muets. Face à eux, fixés pour l'éternité au beau milieu d'un éclat de rire, ne se tenaient pas cinq personnes, mais une entité. La photographie avait été prise au retour d'une journée délicieuse. Fred était parvenu à immortaliser leur bonheur parfait. Brune saisit délicatement le cliché et caresse avec douceur les visages qu'elle aime tant. Son frère et ses éternelles fossettes, Fred le sourire en coin. L'index de Brune traîne, caresse le grain, s'attarde sur le papier photo. Pio, assis en tailleur, qui n'affronte pas directement l'objectif. Son regard glisse ailleurs, déjà. Dimitri, debout derrière le banc. Bras croisés sur un torse bombé, conquérant, fier. Le ventre de Brune se tend. Que serait-elle sans eux ?

Elle allume une nouvelle cigarette et s'installe sur le transat. Bientôt, elle arrêtera de boire et de fumer. Bientôt, sa vie changera, elle en est consciente, elle a forcément provoqué cette transition en ne se protégeant pas. Non, ils ont provoqué cela, plus ou moins sciemment. Rien n'arrive jamais par hasard. Les rares nuages défilent rapidement dans l'azur. Informes, étirés et peu denses, ils sont portés par le vent. Brune accompagne leur course sans fin, ses pensées se perdent jusqu'au lac où les garçons doivent se mesurer et rire. Soudain, une vague de mélancolie plus forte la cueille et elle décide de s'y complaire, elle pleure doucement dans un spleen exquis. Puis, de la mélancolie, son moral passe sans transition à l'angoisse. Le point de bascule est toujours ténu entre les deux. La chaleur diffuse qui l'envahissait alors se mue en une pique douloureuse, qui lui compresse le cœur. Et si un accident venait à arriver, si une mauvaise chute lui épargnait de choisir. Aussitôt Brune se morigène d'imaginer pareil drame. Les nécessaires minutes se sont écoulées, elle doit se résoudre à accueillir la sentence. Elle pousse la porte de la salle de bains, se poste devant le test et ferme les yeux. Si le résultat est positif elle prendra ses responsabilités, malgré les répercussions que cela aura sur le groupe. Oui, si c'est positif, elle assumera ses actes.

Elle rouvre les paupières. Deux traits, bien nets.

Brune est jeune, Brune a le cœur coupé en deux.

Mais Brune ne peut se résoudre à faire un choix.

BRUNE

« La volupté unique et suprême de l'amour
gît dans la certitude de faire le mal.
Et l'homme et la femme savent de naissance
que dans le mal se trouve la volupté. »

Charles BAUDELAIRE
Journaux intimes

Plaider cela, vraiment ? Brune reste songeuse une envolée de secondes. Pourtant elle ne croit pas avoir eu la sensation de perdre les pédales... D'ailleurs, existe-t-il un moment précis à partir duquel il est communément admis cela ? Un barème ou encore une jauge ? Un cahier des charges ou l'équivalent de l'échelle de Richter pour la folie ? Brune examine très attentivement la formule. Perdre les pédales, donc. Une expression singulièrement parlante et qui l'a depuis toujours interpellée. En prononçant cette locution, on revit sans peine les instants vertigineux, doublés de panique, causés par une soudaine perte de contact avec un pédalier de bicyclette. Pour peu qu'on soit embarqué dans une descente, lancé sur un parcours chaotique, et c'est le casse-pipe assuré.

Alors oui, finalement… Compte tenu du contexte, des circonstances, de son divorce compliqué, et le décès d'un père qu'il était difficile d'aimer, si l'on suit les pleins et les déliés des emmerdes, peut-être Brune a-t-elle, momentanément, perdu les pédales. Elle pourrait consentir à plaider cela. À dire vrai, elle n'écoute pas sérieusement le président du conseil de l'ordre débiter son laïus préfabriqué. Brune ne prête qu'une oreille distraite au fond, et ne soufflons rien de ce qu'il en est de la forme, elle lévite au-dessus d'un simulacre de morale orchestré par l'ordre.

Elle est là pourtant, Brune, installée confortablement dans un fauteuil vaguement arrogant, à proximité immédiate de son avocate. La patiente qui l'attaque se tient juste en face d'elle dans cette pièce mal éclairée. La petite femme déjà hargneuse est, elle aussi, flanquée d'une avocate. La classe à l'italienne, l'avocate, drapée dans une robe portefeuille marine. Mais Brune, clairement, se contrefout de la situation dans son ensemble. Hier, même, elle a tenté de se faire porter pâle. Me Fournier a insisté – et pour tout dire a assez mal pris ladite suggestion –, arguant qu'un report ne ferait qu'envenimer les choses. À tort ou à raison, c'est en tout cas plus sage : il faut en finir. Brune aura peut-être un blâme, sans doute une courte interdiction d'exercer, mais la dermatologue n'a d'autre choix que de se présenter à la tentative de conciliation prévue et attendue.

— Conciliation de quoi, à la fin ? a soufflé Brune la veille au téléphone.

— C'est l'usage, docteur. Et je vous conseille vivement de trouver un terrain d'entente avec la patiente.

Croyez-moi, ce type d'affaires nuit à votre réputation et à votre exercice. Il faut enterrer le dossier vite fait bien fait, si vous ne voulez pas que cela se répercute sur votre chiffre d'affaires.

L'avocate avait continué un petit moment sur la même gamme. Quelques bémols, beaucoup de dièses, un ou deux soupirs. Brune tenait-elle encore à son cabinet ? Son attitude désinvolte donnait sérieusement à réfléchir... De guerre lasse, la dermatologue avait allumé une cigarette, pour tuer, à coups de cancer ou autre chose, l'ennui que lui suscitait toute cette affaire, et promis à son avocate de se présenter à la convocation. Bien sûr qu'elle tenait à son cabinet, de si beaux locaux inaugurés quelques jours plus tôt !

Perdre les pédales, donc. Durant la tentative de conciliation, Brune passe encore de longues secondes à explorer l'expression, à en humer la portée, l'implicite, l'exquise redondance des sons qu'elle produit. Qu'elle est loin de cette salle du conseil de l'ordre, Brune. À perte de vue, minimum. Elle se tient sur le chemin qui sinue derrière la maison, celui qui contourne le lac par le nord. Constamment à la traîne lorsqu'il s'agissait de rentrer, loin derrière son frère Clément, Dimitri, Pio et même Fred, pourtant pas reconnu pour ses qualités sportives. Il faut dire que Brune n'a jamais eu l'esprit de compétition, elle éprouvait un réel plaisir à voir les quatre autres filer devant.

Raclement de gorge insistant, l'esprit de la dermatologue est brusquement convoqué dans la pièce. Les cinq individus présents, à savoir le président du conseil de l'ordre, sa secrétaire, la plaignante et les deux avocates, attendent la version des faits de l'accusée. Brune quitte à regret la maison – celle d'alors, bien avant que Dimitri n'entreprenne les travaux pharaoniques qui ont métamorphosé le modeste cottage en *resort* cinq étoiles – et rassemble ses forces pour convaincre la pitoyable assemblée que oui, elle est parfaitement et absolument désolée de cet incident, alors même qu'elle ne l'est pas du tout.

— Parce que vous appelez ça un incident ? s'époumone la patiente.

La femme, écarlate, se tourne promptement vers le président du conseil de l'ordre. Celui-ci semble pourtant réellement désireux d'arranger les choses, ne serait-ce que pour les statistiques. Brune voudrait s'excuser sincèrement, elle n'est pas fière de ses agissements, mais elle aimerait aussi que tout le monde relativise cinq minutes : il n'y a pas non plus de quoi fouetter un chat. C'est dingue, tout de même, comme Brune ne parvient pas à se sentir concernée. Elle s'étonne d'éprouver cet absolu détachement. Elle capte le regard de l'avocate qui bout devant tant de nonchalance, mais c'est plus fort qu'elle : pédalier ou non, Brune a du mal à emprunter le chemin du repentir.

— Vous voulez bien passer les photos ? Photos validées par huissier, je précise ! explose la patiente congestionnée.

L'avocate de la partie adverse s'ingénie à la calmer, le président paraît maintenant incommodé par le volume sonore, il fronce le nez et se tortille. Brune, quant à elle, est à deux doigts d'enjoindre au petit roquet de la fermer. Elle croise le regard ourlé de bleu de Me Fournier – un peu trop maquillée l'avocate – et parvient, plus pour lui faire plaisir qu'autre chose, à mobiliser ce qui reste en elle de raison pour consolider la digue de bonnes manières qui se fend dangereusement.

La notification d'un message illumine le téléphone posé devant elle. Brune, agacée, déchiffre le nom d'Hervé sur l'écran avant de sentir une nouvelle fois sur elle le regard assassin de Me Fournier. Alors, comme ses compagnons d'infortune, Brune se tourne vers les photographies projetées depuis un ordinateur sur le mur. Quand même pas mal ces vidéoprojecteurs de salon. La qualité est impeccable, le grain très fin. Fou comme tout ce matériel s'est démocratisé. Mais bon sang ces photos… Brune réprime maintenant un fou rire. Les poses façon clichés judiciaires, l'air offusqué de la plaignante. L'arrière-plan est grotesque, on devine une table non débarrassée et pour couronner le tout, un chien passe dans le champ.

Elle n'est pas la seule à trouver le diaporama ubuesque. La secrétaire laisse échapper un hoquet. Ensuite une mécanique plutôt classique, une histoire de propagation, de masses de chaleur, d'appels d'air et de vases communicants… Le président pouffe à son tour et bientôt Me Fournier elle-même ne parvient pas à retenir un ricanement. En trente petites secondes un fou rire nerveux règne en maître dans la salle protocolaire du conseil de l'ordre, secouant l'assemblée et poussant la colère de la plaignante à son paroxysme.

Brune remercie son avocate, laquelle prend congé en se félicitant de l'ajournement de la séance occasionné par la crise d'hystérie de la plaignante.

— Très bon pour nous, ça !

— Vous pensez ?

— Ils vont classer sans suite, vous allez voir. Totalement givrée, celle-là ! Encore plus que vous, je crois bien !

Brune tente de rire, mais l'atmosphère lui paraît soudain âcre et sulfureuse. Elle tangue légèrement en regagnant sa voiture. Quelle étonnante et curieuse situation que de se trouver convoquée ici. Elle sort le smartphone de son sac et hésite avant de lire le message d'Hervé. Oui, elle a éprouvé un peu plus tôt de l'agacement en voyant son prénom s'afficher sur l'écran. Pauvre Hervé. Elle ne sait quoi penser de ce qu'elle ressent, ni comment se comporter avec lui. Elle est froide, lui est spontané et aimant en retour. Elle presse l'icône de l'application de messagerie, sourit, un message d'encouragement plutôt gentil. Non, adorable pour être honnête. Son index survole les émojis suggérés en réponse mais elle retient son geste. Elle lui répondra plus tard. Elle prend place au volant de sa voiture, consulte l'heure et inspire largement, elle choisit d'appeler Lison avant que celle-ci n'embarque. Sa fille décroche presque aussitôt, l'entendre fait couler le sang plus vite dans ses artères. Il est décidément quelque chose de viscéral dans la maternité. Elles plaisantent, réadoptent sur-le-champ un phrasé et un vocabulaire qui leur sont spécifiques. Tout ça, ces liens, cette complicité, rien ni personne ne pourra jamais le leur confisquer, et cette pensée apaise immédiatement Brune.

— Tu as vraiment gribouillé une patiente au marqueur ?! Tout le visage ?

Brune ne veut pas banaliser, elle a effectivement disjoncté avec cette patiente qui lui faisait reprendre chaque trait de crayon censé localiser les points des injections à venir. Elle qui pensait qu'exercer une activité basée sur l'esthétique non chirurgicale la préserverait des extrémistes de la beauté a subi la démonstration du contraire. La patiente, autoritaire et directive, reprenait les gestes de Brune, critiquant tout de sa façon de faire. Elle ne voulait rien entendre des mises en garde et des conseils de pondération. Bien sûr, ça n'était pas la première fois que Brune avait affaire à un patient persuadé d'en savoir plus que les professionnels, mais cette insupportable manière de japper, ces minauderies, ce ton de petit chef et cette façon de la prendre de haut… Elle s'était mise à gribouiller frénétiquement le visage de la patiente, et y avait pris un plaisir jubilatoire. Elles en étaient ensuite venues à un crêpage de chignon en bonne et due forme avant que l'assistante passe une tête par la porte, alarmée par les cris de l'une et les rires de l'autre.

— Je crois que j'ai besoin de vacances, conclut Brune.

— La vache… Je crois aussi !

Et puis, vient le moment de se jeter à l'eau. Alors quasi en apnée, Brune se lance : elle viendra accompagnée le week-end prochain, il s'appelle Hervé et elle l'aime beaucoup.

— Cool, Queen ! répond Lison.

— C'est sûr ?

— Écoute, Maman. Papa est avec Doria depuis un moment. Pourquoi tu voudrais que ça pose un problème ?

Brune se raidit.

— Je me fiche que ça « pose un problème » en général. Je ne veux pas que ça *te* pose de problème.

— Je te jure que je m'en fous ! Enfin, non, c'est pas vraiment ça… Maman, je suis vraiment très contente que tu voies quelqu'un !

Brune ne sait si elle se sent soulagée ou blessée de percevoir sa fille détachée du sujet. La vérité, c'est qu'elle ne saurait dire si elle-même est heureuse de venir à l'anniversaire du père de sa fille unique accompagnée d'Hervé, ou accompagnée tout court.

— Et toi ?

— Quoi, moi ?

— Tu viens seule ? lance Brune sur un ton qui se veut taquin.

— … oui.

Lison a fait traîner ce oui. Il flotte entre la question et la réponse un de ces silences plus éloquents qu'un bottage en touche franc et massif, ce qui laisse Brune perplexe un petit temps en retour.

Par-delà la Manche, mère et fille s'embrassent mutuellement. Bientôt sonnera l'heure des retrouvailles. Brune raccroche, impression mitigée chevillée à l'estomac. Qu'attendait-elle ? Un blanc-seing, une autorisation ? Elle doit déjà faire le point sur ce qui la lie à Hervé, hors de question qu'il devienne une marionnette dans tout ce cirque. Il mérite tout sauf ce traitement. Certes, Hervé ne brille ni par son curriculum vitae, ni par son physique ou sa stature, mais il demeure l'homme le plus gentil et attentionné qu'elle ait rencontré depuis… toujours ? Souriant, attentionné, jamais un mot plus haut que l'autre. Ça pourrait paraître chiant à la longue, mais que c'est reposant. Brune avait oublié ce calme, cette tranquillité. Cette sérénité. Son esprit crapahute jusqu'à Dimitri. Elle l'a vraiment aimé, de cela elle reste persuadée. D'un amour fort et qu'elle pensait solide. Mais la vie… Ses turpitudes, ses vacheries et la désormais certitude que chaque individu évolue, indépendamment du couple qu'il forme et du groupe qu'il peut fréquenter. Sa prise de conscience fut sans nul doute le coup du chien. Brune avait alors mesuré l'étendue de la toute-puissance autoprésumée de Dimitri. D'ordinaire, lors des crises ou des différends, elle était partie prenante, l'objet des colères de son mari. Cette fois, Brune avait été extérieure au problème. Observatrice. Avec du recul, elle avait compris que Dimitri avait une gestion réellement pathologique des conflits. Il n'y aurait pas de *happy end*, aucune amélioration possible à espérer, car ce jour-là, Dimitri, dans sa soif de contrôle, avait tout bonnement décidé de damer le pion à la mort en personne.

C'était à peu de chose près trois ans plus tôt, Dimitri rendait régulièrement visite à sa mère, Mina, récemment placée dans une résidence haut de gamme pour personnes âgées. Elle souffrait de forts troubles de la mémoire, ne vivant plus que pour son chien, un bichon noir et frisé prénommé Crocus. L'animal était toléré par l'établissement à coups de milliers d'euros.

Le chien, pourtant jeune, tomba sévèrement malade. Dimitri fit aussitôt intervenir nombre de vétérinaires particulièrement calés sur l'épineux sujet de l'anémie hémolytique à médiation immunitaire. Les voies du Seigneur sont impénétrables : Crocus passa l'arme à gauche alors qu'il était hospitalisé. Dès lors, il fallut se résoudre à annoncer à Mina la disparition de son petit protégé. Dimitri avait perdu son père très jeune et les relations avec sa mère avaient toujours été difficiles, en pointillé, mais il lui était impossible de s'avouer vaincu pour cette histoire de chien. Dans un premier temps, il fit « durer » l'hospitalisation : Crocus se remettait comme un charme d'une opération compliquée, il récupérait fort bien ! Bientôt, il gambaderait dans le parc de l'établissement, comme avant. Brune, une fois ou deux, objecta qu'il serait d'autant plus compliqué d'annoncer la mort de Crocus si Dimitri en rajoutait niveau tonicité et joie de vivre, mais son mari éluda sèchement. Quand il se mit en tête de sillonner les élevages de bichons de la région, Brune tenta encore de tempérer ses ardeurs : Mina ne saurait quoi faire d'un chiot non éduqué entre quatre murs ! Peut-être ne voudrait-elle seulement pas d'autre chien ? Dimitri la considéra un temps comme si elle venait d'annoncer qu'elle entreprenait soudain des études de physique quantique avant de secouer la tête et de partir dans une de ses épouvantables colères. Il n'était nullement question d'autre chien, mais bien de Crocus… Il en avait fait une affaire personnelle, il parviendrait à contrôler cette situation tout comme il contrôlait ce et ceux qui se trouvaient dans sa sphère. L'intérêt que pourrait y trouver Mina lui importait peu, dans le fond, seule comptait la victoire. La semaine suivante, Dimitri rendit visite à sa mère, un Crocus sous le bras, seconde main, copie conforme du premier du nom, acheté à un particulier à prix d'or. Mina trouva que son chien se comportait tout de même bizarrement depuis ses problèmes de santé, s'agaçant que l'animal cherche à s'enfuir à tout bout de champ. L'absolue satisfaction de Dimitri sidéra Brune. Il n'avait pas contourné l'obstacle, il l'avait pulvérisé à coups de convictions et de billets. Il n'avait pas agi par affection, mais par goût du challenge et du contrôle. Rien, quel que soit le domaine, ne se mettait en travers de Dimitri et de ses désirs.

Brune soupire, à quoi bon ressasser. Ils ont changé, leurs trajectoires ont divergé, pour ne se recroiser qu'en se percutant violemment. Mais le parallèle entre le couple qu'elle a formé avec Dimitri et celui de ses parents l'empêche de respirer convenablement. Une mère effacée et compliante, un père tyrannique. Elle a ignoré l'agressivité, a éludé les conflits. Au fil du temps, Dimitri s'est mis à tout gouverner, à tout régenter. À tout juger à l'aune de l'argent, surtout. Ce qui n'était au départ qu'un petit défaut, un penchant autoritaire presque sexy, est devenu un poids insupportable. Brune, qui avait délaissé le cabinet à la naissance de sa fille, s'est remise à travailler plus, à orienter son activité vers l'esthétique de confort, pour fuir le foyer. Cette mesure n'a pas non plus été suffisante. Pareille à cette fable où la grenouille placée dans une casserole ne sent pas la température grimper lentement jusqu'à terminer cuite à point, Brune est restée sans bouger, sans rien opposer. Elle se dit aussi qu'elle a été victime de cet étrange penchant plutôt féminin, cette sensation d'être redevable à toute épreuve : elle s'était mariée, s'était engagée, elle devait endurer. Mais elle sait qu'elle n'a pas été exemplaire, au début de leur histoire. Comment, alors, blâmer unilatéralement Dimitri… Au fil des années, dans les interstices de son quotidien, lorsque, de temps en temps, un embryon de révolte montait en elle, la mélodie de la culpabilité venait réduire ses envies de mutinerie à néant. Pour leur entourage ça avait été un véritable cataclysme : ils représentaient la famille idéale, Dimitri réservant ses accès de colère au huis clos familial. Au moment de leur séparation, il avait affirmé à Brune qu'il ne se remettrait jamais de leur rupture. Elle se souvient de la violence éprouvée en son ventre lorsqu'il a présenté Doria à tout le monde, quelques semaines après l'annonce de leur divorce. La personne qui avait partagé sa vie lui apparaissait chaque jour un peu plus comme un inconnu.

Brune ne sera jamais certaine des origines de la transformation de celui qu'elle a épousé. Elle se dit qu'il y a forcément un lien avec la boîte, le projet d'abord évoqué par Pio et finalement mis en œuvre par Clément et Dimitri. Plus rien n'a été pareil par la suite, le groupe s'étiolant au fil des retrouvailles et Dimitri ressentant le besoin de toujours préciser à quel point une idée n'est rien tant qu'on ne la développe pas.

Sur le tableau de bord, magie du Bluetooth, le nom d'Hervé s'affiche. Il revient aux nouvelles. Il est si gentil, c'est exaspérant. Brune ne décroche pas, elle rejoint son appartement, elle doit faire ses valises. Elle le rappellera plus tard. Hervé ne lui en voudra pas. Hervé ne lui en veut jamais.

ANAÏS

« Sans échec, pas de morale. »

Simone DE BEAUVOIR
Pour une morale de l'ambiguïté

Anaïs a pris son après-midi, elle veut passer du temps avec les siens, sauver ce qu'il est encore possible de sauver. Son noyau dur, sa famille. Sa raison d'être, même si les apparences peuvent parfois laisser penser le contraire. Elle a donné des instructions à ses équipes et filé chez le boucher. Ce sera un pot-au-feu façon grand-mère, comprendre façon Hélène. Vous me direz, un pot-au-feu c'est un pot-au-feu, eh bien il semblerait que non, que la mère de Clément ait une botte secrète. Romane et Milo en parlent eux aussi avec des étoiles dans les yeux. Alors elle a bûché, comme à son habitude, hors de question de laisser place à un quelconque hasard. Anaïs est même allée acheter un bouquin de Cyril Lignac et pour finir, elle est ressortie de la librairie avec trois autres bibles culinaires. Question matériel, étant donné les folies de Clément, elle avait de quoi faire. Elle a donné congé à Linda plus tôt qu'à l'accoutumée, ce qui n'a pas eu l'air de lui plaire. La gouvernante a traîné dans ses pattes un moment, elle pouvait bien l'aider à préparer. Anaïs l'a remerciée dans un sourire, insisté pour qu'elle saisisse ce repos aussi inopportun que mérité et proposé qu'elle aille se faire masser à ses frais. Qu'est-ce qu'elle n'avait pas dit là ! Que quelqu'un la touche ? Alors ça, merci bien, il n'en était pas question. Linda est partie, la mort dans l'âme.

Anaïs a adoré éplucher les légumes dans le silence de l'appartement, tout juste rythmé par « Wild Horses » des Stones, lancée en boucle. Ses peurs resteraient à la porte, cette fois, elle prenait vraiment la situation en main. Clément, tout comme les jumeaux, serait sensible à cette attention. Ce pot-au-feu n'est rien de moins qu'une madeleine collective dont elle a toujours minimisé l'impact. Elle a appelé Hélène, qui a aussitôt sorti son carnet de recettes, pour être certaine de ne rien oublier, même si, d'après ses dires, elle cuisine au feeling. La recette lui vient de sa mère, qui la tenait elle-même de sa grand-mère. Est-ce que la vie tient aux légendes et aux transmissions familiales ? Malgré les divorces en nombre, malgré les drames et le flot des existences de chacun ? Est-ce que les traditions sont les bouées auxquelles se raccrocher en dernier recours, quand le bateau prend l'eau et que la brèche n'est plus colmatable ? Dans cette cuisine high-tech, seule avec les Stones, Anaïs se reconnecte à leurs ancêtres. Elle compare les ingrédients et les indications. Tout le monde, Hélène comprise, est à l'unisson pour affirmer qu'on démarre la cuisson à l'eau froide et qu'il ne faut saler qu'en toute fin. Pour un pot-au-feu digne de ce nom, on utilise trois morceaux de bœuf différents : un morceau maigre, un autre gras et un gélatineux. Jusqu'ici tout va bien. Un peu trop bien même. Anaïs rappelle Hélène, elle ne comprend pas pourquoi sa recette est à ce point incroyable puisque tout le monde s'accorde sur les composants. Après un court silence, sa belle-mère éclate de rire, de ce rire enfantin qu'Anaïs aime tant et qui semble donner vie aux couleurs. Le lapin, dit-elle, un râble de lapin. Le jour où elle a ajouté un reste de lapin qui se perdait dans le frigo, tout le monde a trouvé le pot-au-feu incroyable. Alors depuis, c'est vrai, elle en met machinalement. Anaïs sourit longtemps après avoir raccroché, et retourne à la boucherie, subir le regard réprobateur du boucher qui n'a jamais, au grand jamais, entendu pareille hérésie. Le hasard mène parfois à de grandes réussites. Oui, finalement, ce lapin est la preuve que le hasard, parfois, apporte de belles choses.

Anaïs est consciente que ses échappatoires sont des issues de secours, mais en aucun cas une voie digne de ce nom. Ce soir, elle sèche un de ses groupes de parole préférés. Celui des greffés cardiaques. Excellent cercle pourtant, beaucoup d'énergie, énormément de bienveillance.

L'intérêt du pot-au-feu c'est qu'il mijote autant qu'on veut, prêt depuis le début d'après-midi. Il est vingt heures et Anaïs ouvre une bouteille de rouge en attendant qu'ils arrivent. La table dressée, elle lance un podcast et patiente le cœur léger. Elle aurait dû faire cela il y a longtemps, enclencher le bouton pause, stopper cette valse frénétique. Souffler. Elle reste debout, à fixer l'eau qui bouillonne faiblement.

Elle écume longuement, patiemment. Tout se mérite ici-bas, n'en déplaise aux lapins. Romane rentre la première. L'adolescente traverse la cuisine, absorbée par un appel, Anaïs a droit à un geste et la porte de la chambre se ferme aussitôt derrière sa fille. Milo arrive dans la foulée, son mètre quatre-vingt-dix embrasse sa mère, chose suffisamment rare pour être mentionnée, et s'étonne. On fête quoi ? J'ai raté un truc ? Vous recevez du monde, peut-être ? Anaïs suit son regard, c'est vrai que le tout semble très protocolaire. Elle répond par la négative, se drapant de quelque chose qui devrait s'appeler le naturel, mais n'en est qu'une pâle copie. J'avais envie d'être avec vous, qu'on se retrouve tous les quatre. J'ai appelé ta grand-mère, j'ai fait son pot-au-feu et un vacherin glacé. Milo sourit, mais il paraît soucieux, loin d'Anaïs et de la cuisine, à plusieurs bornes du cocon familial. Anaïs s'inquiète soudain, Milo prétexte une nouvelle rayure sur le scooter de son père. Il secoue la tête, et concomitamment son épaisse tignasse, comme pour se débarrasser de quelque chose. Il trouve ça cool, c'est vraiment sympa, mais il s'est fait un kebab en route. Il n'imaginait pas qu'ils auraient droit à un grand dîner. Anaïs décide de tenir bon, de ne pas occire Romane, toujours pas reparue de son antre, de ne pas hurler à son fils qu'il est possible de communiquer avant d'agir. Elle n'a pas non plus organisé une soirée de gala, enfin ! C'est devenu si anormal pour eux ? Une soirée au calme, un simple moment de partage ? Anaïs ravale, respire par le ventre. C'est le moment que Clément choisit pour arriver enfin. Pour être tout à fait exact, son corps est là, mais son esprit est ailleurs. Il y a un moment qu'Anaïs le sent décalé, un espace-temps trop tard. Elle a pensé à une maîtresse, mais n'a trouvé aucune preuve. Il est simplement absent, du soir au matin et du matin au soir. Clément avise lui aussi la table du séjour et lève un sourcil. Anaïs soupire, elle avait rêvé autre chose, des réactions différentes, pas non plus une ola ou une standing ovation, mais un minimum tout de même. C'est l'un des nœuds du problème, l'écart souvent abyssal entre les attentes et la réalité. Ils s'installent enfin autour de la table et Clément, Milo et Romane ne semblent pas mesurer les efforts déployés. Romane minaude, le téléphone sur les genoux. Anaïs se sent lasse, elle n'a même pas la force de taper du poing sur la table. En s'excusant et se frottant le ventre, Milo touche à peine au pot-au-feu. Romane trouve qu'il est super bon, mais ne vaut pas celui de sa grand-mère. Clément ne commente même pas, il se gratte les bras, parle de ses fourmillements qui lui prennent la tête et de la semelle de l'autre basket qui commence aussi à se décoller. C'est un scandale, il compte bien retourner à la boutique et leur dire ce qu'il en pense. Anaïs se ressert un verre puisque Clément ne le lui a pas proposé en remplissant le sien. Elle fixe les poireaux, les carottes, le bœuf et un petit bout de lapin qui s'est invité dans son assiette. Elle écoute à peine ce que Milo et Romane se disent, des mots nouveaux sont apparus dans leur vocabulaire, il faut se mettre constamment à jour pour ne pas se trouver largué. Une mise à jour, comme pour le matériel informatique, comme pour les téléphones, comme pour les GPS. Anaïs, ce soir, n'en a plus la force. Elle sourit toute la journée, prend des nouvelles de ses amis, abat quantité de travail, relance des projets professionnels, réserve les vacances et remplit le frigo. Quand Clément sort sa basket de sous la table pour la lui mettre sous le nez, pour qu'elle se rende compte à quel point cette histoire de semelle est révoltante, Anaïs ne réfléchit plus. Elle claque sa serviette de table dans son assiette, ce qui a pour conséquence directe de consteller la nappe d'une multitude de petites taches grasses, et elle se dirige vers l'entrée. Elle attrape manteau et clés de voiture. Tout n'est pas perdu. Elle a peut-être raté les greffés cardiaques, mais les dialysés se retrouvent à vingt et une heures.

HÉLÈNE

« Je voudrais le marbre de la certitude pour y installer mes doutes. »

Jean ROSTAND
Carnet d'un biologiste

Hélène a croisé le chemin de la colère un an plus tôt, juste après le décès de son mari. Elle fait son âge, prétendre le contraire serait absurde, mais elle porte bien ses soixante-dix ans. Elle se donne suffisamment de mal pour ça. Exit les sucres, les graisses, les additifs. Ah oui, ça n'est pas toujours facile, mais on n'a rien sans rien, le contraire se saurait.

Elle a eu le train de justesse, la faute à la voisine qui s'est sentie obligée de détailler l'ablation de la prostate de son mari en long en large et en profondeur. Elle a enfin pris place dans le carré famille, calée sur cette assise un peu plus qu'élimée. C'est parti, le train roule. Elle doit changer de train à Bourg-en-Bresse, où elle retrouvera d'ailleurs sa petite-fille Lison qui arrive par une autre ligne. Elle est impatiente de voir ses trois petits-enfants réunis.

Elle essaie toujours de réserver une place en carré

famille. Quelquefois elle complète une fratrie, sinon c'est un couple avec un enfant plus ou moins docile. Elle voyage en seconde alors qu'elle pourrait se permettre de voyager en première. Ce qu'aime Hélène, c'est palper des histoires, s'imprégner des coulisses, deviner les tensions et scruter les petits bonheurs. Avouons qu'en seconde classe tout est statistiquement plus savoureux car moins guindé. Les rares fois où elle s'est trouvée isolée en première elle s'est fait terriblement chier. Elle ne parvient pas à lire dans le train. Peut-être le roulis, difficile à dire, donc elle s'occupe différemment. Quoi qu'il en soit, cette fois, elle est très déçue. Elle se tient à côté d'une vieille et face à deux autres. Elle ne les supporte déjà pas d'ordinaire, alors tout un trajet… À n'en pas douter celles-ci tenteront de lui adresser la parole, estimant probablement qu'elles font partie d'un même club senior où tous sont censés danser une éternelle chenille en affichant des sourires niais. Hélène soupire discrètement, elle se sent encore plus agressive ces derniers temps, ça devient intenable. Les trois femmes n'ont encore rien essayé, mais les avoir sous le nez lui rappelle son âge et ce qu'elle pourrait être si elle ne s'échinait pas à contrôler sa posture et son allure. Non, mais regardez-les… sac à dos et polaire Quechua. Une banane, ah mais oui, dites donc, la blonde a carrément une banane. Hélène implore saint Pilates et maître Yoga de la tenir éloignée le plus longtemps possible de ces velléités de confort. Bon sang, elle aussi porte des baskets, mais des petites sneakers blanches seyantes, pourquoi faudrait-il forcément lâcher la rampe à un moment ?! Et voilà qu'elle recommence, c'est pas croyable d'être devenue aussi hargneuse ! Elle n'était pas comme ça avant et il est bien trop tard pour plaider l'excuse ménopause. Allons, elle était toute contente de retrouver Clément et Brune, et leur petite clique, comme elle les appelait alors. Son cœur se serre lorsqu'elle pense à sa fille. Elle veut être vigilante et présente pour elle. Brune a l'air bien plus heureuse que durant les dernières années de son mariage, mais cette histoire de crayonnage d'une patiente, si folle soit-elle, lui rappelle que sa fille est fragile même si elle n'en montre rien. Hélène consulte l'application SNCF et vérifie l'horaire du second train. Mince, vingt et un pour cent de batterie… Le chargeur, où est ce fichu chargeur ? Oh, ce que ce sac peut être énervant, pas pratique pour deux sous. Hélène se crispe davantage, elle pourrait jurer que la blonde pense que *tout de même une banane c'est tellement fonctionnel.* Ah, voilà le chargeur, victoire. Mais ? Mince, c'est le câble de l'enceinte ! Un coup d'œil à droite, un coup d'œil à gauche, les trois vieilles ont toutes des iPhone empaquetés dans des coques de protection grotesques, la voilà sauvée. Hélène ravale l'énervement qui enfle dans sa poitrine et quémande un câble à ses voisines. Trop heureuses de se rendre utiles, les Trois Grâces cherchent de concert et bientôt Hélène ne sait quel fil choisir tout en se confondant en remerciements. Elle respire, un peu. Mais qu'est-ce qui se passe, enfin ? Elle doit se calmer, ça ne peut plus durer ! Cette colère, cette effroyable et insupportable colère qui l'habite depuis le décès de Louis doit cesser. Comment ça, pas de prise en seconde ? Monsieur le contrôleur ! Excusez-m… Ah… Pas toujours ? Formidable… il ne manquait plus que ça. La blonde à la banane dégaine d'une poche latérale – c'est quand même bien pensé – une batterie externe et sourit. Hélène accepte. Soudain elle se sent mal, physiquement mal. Elle passe sa main dans son cou, se frotte la nuque. C'est de plus en plus fréquent. Les oublis, les erreurs, les pertes… Elle n'aime pas ça, elle vieillit. Il s'agit d'un simple câble, mais c'est une goutte de plus dans le vase de son énervement, elle devrait consulter. La présence de ces femmes l'incommode, elle n'a tout à coup plus du tout envie de faire la curieuse, de voler les conversations, seulement, la vie est une garce, elle va devoir endurer ces vieilles pies durant trois cents kilomètres. Bon, elle tend quand même un peu l'oreille : une petite semaine à Paris, les hommes sont impatients de les revoir – rires gras – et ils ont faim ! *C'est que Bernard n'est pas fichu de faire réchauffer autre chose qu'une brique de soupe.* Il y a tant de bonne humeur, de légèreté dans ces échanges, tant de simplicité, qu'Hélène ne sait plus comment se tenir. Elle pose son coude contre le rebord étriqué de la vitre, croise ses pieds avant de tendre ses jambes. Serait-ce l'envie qui traverse son corps ? La jalousie ? Elle aussi a des enfants et de magnifiques petits-enfants même ! Elle voudrait le crier, les secouer toutes les trois par la permanente et leur dire qu'elle a été une bonne mère, et qu'elle est une grand-mère épatante, que Milo, Romane et Lison l'adorent. Hélène a soif, elle est déshydratée, elle a couru pour arriver à l'heure à la gare, la faute à la prostate du voisin, donc, résultat des courses elle ne se sent vraiment pas au mieux. Elle observe ses mains, ces traîtresses, ses yeux sautent de tache brune en tache brune. Le visage, elle a su gérer, elle use de toxine botulique avec tact et mesure, pas plus d'une fois par an, comme le lui a conseillé sa dermatologue de fille. Mais cette colère nouvelle, qu'en faire ? Toutes ces années, Hélène n'a été que douceur et compromis. Pour cette raison, elle a également tenu le rôle de maman de substitution pour Dimitri, Fred et Pio. Ils venaient la trouver, elle était connue pour son écoute et toute absence de jugement. Ses pensées s'attardent sur eux. Sur Pio, notamment, le rêveur de la bande. Elle garde de leur jeunesse un souvenir ému et doux… Elle a tant aimé les couver, les consoler, être dans leurs confidences. Ensuite, quand les jeux amoureux ont débuté elle a pris du recul, naturellement. Dimitri et sa fille… Parfois, Hélène regrette d'avoir laissé faire. Elle aurait dû se douter que Dimitri prendrait le dessus. Mais elle-même était dans l'ombre d'un homme dur, écrasant, omniprésent. Elle est touchée que celui qui fut son gendre ait tenu à ce qu'elle soit de la fête, il s'est toujours montré charmant avec elle, rien à redire à ce propos, mais question faux-semblants elle a été à bonne école avec son propre mari. Revoir tout ce petit monde, c'est tout ce qui importe à Hélène, même si elle doit faire bonne figure avec Dimitri sans non plus froisser Brune. Alors oui, cette colère a éclos au décès de Louis et depuis, elle grandit de façon exponentielle. Les oublis et les erreurs qui se multiplient ne sont pas pour arranger les choses. Elle s'agace, elle s'énerve, elle ne se supporte plus, en fait, alors elle s'en prend mentalement à ses trois voisines. Trois femmes qui ont visiblement fait des choix de vie qui les satisfont, et qui s'en reviennent d'un joyeux périple, même pas tristes d'en voir venir le bout, puisque heureuses de retrouver leurs foyers. Non, pitié, pas des gaufrettes… La plus en chair sort des paquets de gaufrettes. Et pas un ! Deux, s'il vous plaît ! Fourrées à la vanille. Hélène est prise de nausées, tout ce sucre, là… Et puis elle pense Figolu, il paraît que le fabricant a relancé la licence. Elle aimait bien ça, c'était pratique à emporter au parc lorsqu'elle vadrouillait avec Clément et Brune par monts et par vaux. Le train ralentit, bientôt les quais de la gare apparaissent, Hélène n'est plus qu'à un changement de ses enfants et petits-enfants. La colère se dissipera en leur présence, elle en est persuadée. Elle récupère ses affaires, rend batterie externe et câble, et salue ses compagnes de voyage. Un peu d'air, un peu de tranquillité. Sa correspondance arrivera dans un quart d'heure. Elle sort de la gare, marche sur l'esplanade, sur laquelle se croisent sans se voir des dizaines de voyageurs à roulettes. Il fait beau, elle respire et ferme les yeux quelques secondes pour savourer l'effet des rayons du soleil sur sa peau. Puis elle revient ici-bas, le ciel est bleu, il n'y a pas le moindre nuage, pas une seule petite traînée d'avion. L'esplanade est vaste, les bâtiments alentour plutôt bas, elle se sent écrasée de bleu, minuscule. Il y a soudain beaucoup trop de ciel à son goût. Alors Hélène pénètre à nouveau dans l'enceinte de la gare. Elle passe le temps, assise dans un recoin à l'abri des vents, en faisant défiler les dernières photos envoyées par ses enfants sur le fil famille de cette application de messagerie. En fond, la voix douce de la SNCF annonce pour la troisième fois qu'un bagage suspect gêne la circulation. Hélène sent l'énervement la gagner à nouveau, elle ne veut pas de retard, elle ne veut pas rester là. Elle cherche à canaliser les vagues qui gonflent sa poitrine et la malmènent. Rien de grave, ça ne vaut pas la peine de se tourmenter. Elle se concentre sur son téléphone, scrute les sourires sur les photos et sourit à son tour. Hélène n'espère pour ses proches que du bonheur, d'éloigner à tout prix ses petits-enfants des pièges et des tracas de la vie. Elle les veut comme ces femmes du train, joyeux et légers. Sereins. Ah, si elles pouvaient imaginer, ces femmes, si elles pouvaient ne serait-ce qu'une seconde imaginer la sécheresse qui a fini par gagner l'âme d'Hélène après une vie de lutte, cette flétrissure, somme de toutes les bassesses, humiliations et rabrouements qu'elle s'est résignée à supporter. Et avec le sourire mondain de rigueur, s'il vous plaît. Mon Dieu ce qu'elle a été lâche, Hélène, une vie de lâcheté, oui. Une vie qui se terminera sans avoir été vécue autrement que dans la maternité. Elle est tellement en colère que si Louis était encore en vie elle jure qu'elle aurait la force de le tuer de ses mains. Peut-être de l'étouffer dans son sommeil. Oui, sans doute. Avec un gros oreiller. Pauvre petite veuve riche colérique. Elle regrette que personne ne lui ait dit que tout cela n'était pas tolérable, elle aurait tant aimé un mot, plutôt que ces regards gênés et fuyants. Rien de bien, jamais. Pas quand il faut, Hélène, pas comme ça. Qu'est-ce que tu crois, Hélène. Tu ne comprends jamais rien, Hélène. Tu as de la chance de m'avoir, Hélène… Ça s'est imposé tout seul, elle ne s'est tout bonnement pas posé de questions. Elle a accepté, elle s'est résignée. C'était sa place en ce bas monde. Pas de violences à proprement parler, pas de contraintes, juste cette place qu'elle avait accepté de tenir et qu'elle tiendrait jusqu'à la fin. Elle se berçait de *ça pourrait être pire* et d'*il y a plus malheureux*. Heureusement que Louis lui a laissé le champ libre pour les grands principes éducatifs. Elle a enduré pour le bien des enfants, pour l'unité familiale, a subi les humeurs parce qu'un couple doit durer. Partir n'a jamais été une option, juste une chimère qu'on flaire lorsqu'on ose de temps à autre ouvrir la porte du placard interdit. Bien sûr elle a maintes fois souhaité qu'il crève avec une de ses maîtresses, ce con. Il a fait plus sobre, plus insignifiant, ridicule même : il a glissé dans la douche. Traumatisme crânien. *Game over*, comme dirait Milo.

Hélène flotte dans une zone mentale difficilement localisable, où les souvenirs et les regrets s'emmêlent. La voix SNCF annonce gravement que les trains sont bloqués à quai et que les retards impactant les correspondances seront communiqués sous peu. Hélène se mue en soupir au moment où Lison l'appelle : son train est coincé sur la voie, « la faute à un connard. On sait bien que dans 95 % des cas il ne s'agit que d'un bagage oublié plutôt que de colis piégé ! ». Hélène lui conseille de prendre son mal en patience, elle l'attend, il n'y a que cela à faire, l'embrasse et raccroche.

Louis est tombé en rentrant du tennis, elle-même était sortie faire quelques courses. Hélène se remémore une fois encore l'appel de leur femme de ménage. Les pompiers déjà présents et bien embarrassés : son mari était mort sur le coup. Le reste demeure flou. Des propos incompréhensibles, le choc, la sidération, ensuite est venu le temps de la mauvaise conscience : avait-elle provoqué l'accident de Louis par la pensée ? Idée grotesque, mais on ne peut plus troublante tant elle lui avait maintes fois souhaité le pire. Et puis le silence. Ce silence, tellement agréable… L'appartement enfin vide du despote, prison dorée où elle était restée, année après année. Bien entendu, Hélène a culpabilisé du soulagement ressenti à l'annonce de son décès, mais cela n'a duré que deux jours. Lorsqu'elle s'est rendue avec Brune et Clément chez le notaire, elle a eu droit à une ultime humiliation, doigt d'honneur depuis l'au-delà. Louis avait pris des dispositions : s'il venait à mourir avant, sa veuve ne serait pas enterrée dans le caveau familial à ses côtés. Et, comme il n'était pas chien non plus, ce suppôt de Satan avait effectué les démarches nécessaires pour acheter un emplacement, dans une lointaine allée, ainsi sa chère Hélène était libre d'en disposer si bon lui semblait. Le notaire était contrit et le clerc, contraint, ne se lassait pas d'observer ses souliers vernis. Brune et Clément ont hurlé au scandale. Hélène, elle, est restée sonnée, comme frappée par une foudre qui la terrasserait pour de bon ou bien lui redonnerait vie, selon comme elle prendrait la chose. Elle venait, quelle que soit l'option choisie, de gagner le droit de détester Louis à jamais. Pourtant depuis le décès, Hélène n'est plus que rage stérile, un véritable condensé de rancœur. Elle n'est brièvement parvenue à s'en libérer que le mois dernier, au funérarium. La tombe du pauvre Louis va sacrément détonner avec les sépultures voisines, mon Dieu ce qu'elle a ri de son audace en sortant du magasin funéraire. Elle doit poursuivre dans cette voie, abandonner la rage inutile contre celui qui ne fut rien de plus qu'un bourreau domestique. Son seul et unique sursaut de bravoure fut envers sa fille Brune, lorsque celle-ci a évoqué son probable divorce. Hélène l'a soutenue, prenant même Lison en garde quelque temps. Elle ne voulait pas que sa fille s'oblige une vie durant, qu'elle se complaise dans une relation dans laquelle elle ne trouvait plus son compte. Brune n'était plus heureuse avec Dimitri qui, au fil des années, s'était mis à penser que le bonheur s'achetait, que tout pouvait se monnayer et que l'argent justifiait tout. Elle a admiré le courage de Brune. Elle-même n'avait jamais osé dire stop, casser l'image du couple uni que Louis et elle formaient. Hélène serre les poings sur l'anse de son sac à main. L'histoire était en train de se répéter, Brune est partie à temps. La liberté vaut toutes les épreuves.

Hélène serre si fort son sac que ses doigts ont blanchi. C'est l'effet de la colère, qui monte encore et encore dès qu'elle rumine le passé, elle fuite tant la pression est forte. Elle comprend que ce sentiment est tourné uniquement contre elle. Elle s'en veut de n'avoir pas réagi, de n'avoir pas quitté le navire avant que le capitaine totalitaire ne succombe à une collision impliquant boîte crânienne et rebord carrelé. Hélène pousse un profond soupir en relâchant son étreinte, repousse son sac. Elle admet, sur ce quai de gare et en cet instant, que Louis lui en a voulu de ne pas réagir, de ne pas s'opposer. De subir sans rien dire, d'être aussi lâche que lui. Enfin, pour la première fois depuis de longs mois si l'on met de côté le shoot d'oxygène au centre funéraire, la colère se calme, s'amenuise. Hélène reprend peu à peu le contrôle de ses émotions. Poupée de chiffon déboussolée, elle suit le flot des voyageurs. Ils sont guidés par des agents de la gare. Le groupe d'intervention s'apprête à faire exploser le bagage qui paralyse la circulation depuis une heure. Hélène ferme les yeux et inspire largement. Ça y est, cette fois, elle sera dans l'après. Dans *sa* vie. Elle n'en veut même plus à ce voyageur étourdi qui a mis à mal son emploi du temps. Déflagration dans un coin de la gare, la circulation va pouvoir reprendre. Hélène se sent étonnamment légère, elle rassemble ses affaires puis se met en quête du panneau d'affichage qui mentionne les nouveaux horaires. Elle espère que les babioles plairont à ses petits-enfants et que les macarons n'ont pas trop souffert durant le trajet. Elle a pris ses précautions en les plaçant avec les derniers documents de la succession, les photos dont elle ne veut plus et qu'elle compte proposer à Brune et à Clément. Elle recompte ses bagages et respire de travers. Il en manque un. Hélène regarde l'équipe d'intervention quitter la gare, après avoir rassemblé les débris explosés dans un sac.

Ici, elle abandonne définitivement colère et passé.

LISON

> *« Pour ce qui est de l'avenir,*
> *il ne s'agit pas de le prévoir,*
> *mais de le rendre possible. »*
>
> Antoine DE SAINT-EXUPÉRY
> *Le Petit Prince*

Si tu avais su, Lison… Si tu avais deviné les achoppements qui se présenteraient prestement sur ton chemin, aurais-tu seulement agi différemment ? Avais-tu imaginé que les tourments d'adulte toqueraient si vite à ta porte ? La jeune fille questionne son reflet dans une salle de bains humide et trop sombre. Ses sourcils ont repoussé très vite.

Dans le salon, Carla s'emporte. La télécommande ne fonctionne plus, il faudra encore retourner à la boutique, les échanges sont gratuits, là n'est pas la question, c'est juste qu'il est pénible de s'apercevoir que les télécommandes ont des durées de vie si courtes. Quand es-tu allée chez British Telecom, Lison ? Le mois dernier, c'est bien ça ? Bien sûr qu'elle a vérifié que ce n'était pas un problème de piles. Ça va quand même ! Elle n'est pas débile. C'est pas le déplacement à la boutique qui l'horripile, mais il y aura, comme d'habitude, une queue de fou, gavée de lobotomisés qui n'auront pas pris la peine, eux, de vérifier que leur foutue box était juste mal branchée. Constater combien le monde ne tourne pas rond, qu'il est truffé de demeurés, et que la grande armée qu'ils constituent tient plus à sa télévision qu'à ses gosses, bordel. Lison tire à blanc sur sa pince à épiler, elle s'acharne sur un poil qui tente une percée hors de la ligne sourcilière autorisée. Carla est à cran, elle tourne en rond depuis qu'elle s'est fait remercier de son poste de secrétaire. Ce job non plus n'aura pas duré longtemps. Carla était efficace, mais un peu trop cleptomane au goût de son employeur. Elle n'imaginait pas que les vigiles avaient capté son petit manège. Elle s'en est voulu, non pas d'avoir volé pour deux mille livres de matériel, mais de s'être fait choper si connement. Lison passe un doigt sur son arcade. Laisse tomber, elle ira, elle, chez British Telecom. Elle ira échanger cette satanée télécommande, elle promet, mais Carla est déjà retournée à sa ritournelle désabusée. Peux-tu m'expliquer comment une télécommande peut rendre l'âme aussi vite ? Les lignes de production sont gérées par des pangolins, ou bien ? Alors Lison, lassée de subir cette mauvaise humeur, décroche. Elle n'est plus dans cette salle de bains ni dans cet appartement, elle est loin, au bord du lac, elle s'imagine fouler le chemin de gravier qui le borde. Elle peut presque voir les vaguelettes mourir sur la pointe de ses baskets, elle perçoit le crissement de ses semelles à chaque pas, elle sent l'odeur des pins et ces souvenirs quasi palpables lui procurent un bien incommensurable. Sur la surface de l'eau, les arbres se reflètent. Quelques pins, donc, sur la rive nord, mais surtout des chênes, des chênes rouvres. Elle connaît les arbres, sa grand-mère lui a enseigné leur langage. Elle imagine le lac par une belle journée, un lendemain d'orage. L'eau est trouble et des débris sont ramenés régulièrement par le mouvement de l'eau comme autant de réminiscences qu'on veut éluder, mais qui refont surface précisément quand on pensait leur avoir réglé leur compte. Soudain, Lison n'entend plus Carla en fond sonore, par-delà le clapotis du lac. Soudain, oui, le silence prend toute la place, écarte les murs, s'insinue dans les lattes du parquet déjà disjointes. Carla est vraisemblablement sortie. L'a-t-elle signalé ? A-t-elle précisé où elle se rendait ? Lison, engloutie par ses pensées, savoure le silence. Elle adore Carla. Pourtant, parfois, elle regrette les mois passés seule, les premiers temps en Angleterre. Cette période magique d'indépendance, peu après le divorce de ses parents, à tout juste dix-sept ans. Tous ont loué sa maturité au moment de la séparation de Brune et Dimitri, mais Lison estime qu'elle n'a pas réellement eu d'autre choix. Soit elle traînait un peu chez l'un, un peu chez l'autre, laissant ses parents décider de son destin, soit elle prenait les choses en main. Sans hésiter une minute, elle a choisi la seconde solution. Certes, sur le papier on rêve d'autre chose, d'une famille unie, d'un quotidien, d'un rythme. Mais vivre dans les cris, incessamment… Elle s'était préparée à tracer sa route. À vrai dire, elle avait déjà évoqué la possibilité d'un internat, de stages ou de semestres à l'étranger. Depuis quelques années, elle préparait mentalement non une fuite, mais un ailleurs, un point de chute où elle n'aurait pas à appréhender la crise suivante. Parce que en apparence ils donnaient le change, Barbie et Ken, mais la tension était constamment palpable à la maison.

Lison jette un œil dans le salon. Carla a emporté sac et manteau, pourvu qu'elle prenne son temps. Lison veut savourer encore le calme, hésite à mettre de la musique avant de se raviser. Il lui faut un bloc de silence, plus qu'un soupir. Si l'air est empli de rien, il ne laissera pas de place à la honte et elle oubliera peut-être un temps cet énorme mensonge par omission qui la gêne plus qu'un peu aux entournures.

Lison sait que Carla est de mauvais poil à cause de son départ. Lorsque Carla revient, il est déjà pour elle l'heure de partir, alors elle l'étreint longuement. Elle ne s'absente qu'une grosse semaine, ça passera vite, et puis Carla en profitera pour voir ceux que Lison n'aime pas, hein, elle n'est pas dupe ! Elle plante ses yeux dans ceux de sa compagne. Il y a aujourd'hui des reflets qui tiennent de la châtaigne, d'autres jours elle y voit un vert qui se fait quasi mousse, limite mordoré. Les yeux de Carla changent, en fonction de la lumière, mais aussi de son humeur et des envies de Lison. C'est sans aucun doute ses yeux qu'elle préfère. Lison passe de longs moments, installée au-dessus de Carla, à détailler les iris capricieux et limite sauvages de son Anglaise préférée. Une main sur son ventre, Carla mange l'espace qui a l'audace de se dresser entre elles, elle avance, mue par une urgence que seuls ceux de son espèce ressentent, comme si son cœur allait jaillir de sa poitrine. Lison, parcourue de frissons, reçoit un dernier baiser avant de partir pour de bon. Une grosse semaine avant de retrouver Londres, Carla et les cours. Londres et Carla. Les cours et Carla. Carla et Carla. Carla.

Elle va lui manquer, pourtant elle a besoin d'un peu d'air, ce séjour est le bienvenu. Cet amour est si monumental qu'il contraint son être et son âme à des contorsions quelquefois oppressantes, qui peuvent la dépasser et la laisser exsangue avant que la sève reprenne le cours naturel de ses organes. Cet amour repousse tout le reste, sa vie quotidienne, les relations qu'elle avait nouées sur le campus, les cours aussi. Qu'importe, elle va gérer, elle va lui faire de la place à cette passion inattendue, accident d'un point de vue temporel, spatial, et de genre également.

Lison patiente au coin de quelque part avec l'espoir d'attraper un taxi pour la gare. Un type avec une guitare grince des chants aussi plaisants qu'une crise hémorroïdaire, les scènes de la comédie humaine sont partout semblables, à Londres, Paris ou ailleurs. Elle s'engouffre enfin dans une berline. Première étape de son périple vers la maison du lac. Elle salue son double déformé par la vitre concave du véhicule. Petite Lison, aurais-tu imaginé tomber raide dingue amoureuse d'une fille de sept ans ton aînée, serveuse, métisse, colérique et désordonnée au possible ? Carla s'est installée dans son appartement dès les premiers jours de leur histoire. Comme elle squattait le canapé du copain d'un copain, ce fut à peine un sujet, tout juste une constatation. La prudence dont Lison a toujours fait preuve lui intime de conserver un tant soit peu d'objectivité. C'est fou, d'ailleurs. Elle est déjà usée et vieille en dedans. Sclérosée, avant l'heure.

C'est d'une tristesse. Quoi qu'il en soit de cette injuste maturité, elle lui fait dire cela : tout dans cette relation a été et reste *trop*. Trop soudain, trop incongru, trop rapide, aussi. Lison ne regrette rien, elle éprouve pour Carla des sentiments profonds, c'est la première fois qu'elle tombe amoureuse. Elle ne se sent pas particulièrement homosexuelle, elle ne se sent rien, d'ailleurs. Elle aime Carla, un point c'est tout. Pas un sujet, plutôt une absolue affirmation. Le taxi s'approche de la gare et, à distance, le mensonge semble moins gros, moins substantiel. Lison respire amplement et suit la trajectoire d'un avion dans le ciel, elle se sent si bien dans les bras de Carla. Heureuse, littéralement.

La légèreté et la fluidité sont deux sentiments neufs, si loin de ce qu'elle a pu approcher de la notion de couple. Lison n'a pas attendu que ses parents divorcent pour avoir envie de les fuir. Tout ce stress, cette tension à couper au couteau, ce manque d'amour au quotidien… Les remarques acerbes et autres scuds ont maculé son enfance, taché sa robe d'innocence. Bien sûr, le confort matériel et financier… Et alors ? Elle enviait ceux qui rentraient de l'école impatients d'être au nid, ceux qui poussaient la porte de l'appartement familial en chantonnant. Chez elle, un jour sur deux, l'ambiance était lourde et pesante, indexée sur l'humeur d'un père tantôt lumineux, tantôt tempétueux. Lison aurait tout donné pour regarder *The Voice* en famille, vautrés sous des plaids qui sentent la chaussette et l'encens, des pique-niques improvisés en vidant les placards. Elle voulait de la simplicité, du joyeux. Avant de comprendre que la tension, souvent insoutenable, qui régnait sous leur toit n'avait rien de normal. Lison s'en accommodait presque. Par la suite, à mesure qu'elle a été en âge d'interpréter les regards et les soupirs, les remarques et les sarcasmes de son père, elle s'est mise à en vouloir progressivement à sa mère. Comment celle-ci acceptait-elle la situation ? Pourquoi ne réagissait-elle pas plus frontalement ? Dieu qu'elle a souvent perçu au fond de son ventre une irrépressible envie de leur hurler de putain de divorcer merde à la fin. Avec Carla tout est simple : si son amoureuse se réveille avec l'envie d'un tatouage, elle file chez le tatoueur dans l'après-midi. Si elle croise une robe qui lui plaît, elle dépense l'argent des courses dans une boutique criarde. La gorge de Lison se serre. Au fond d'elle, elle pressent que cette histoire ne pourra durer indéfiniment. Elle et Carla sont par trop différentes, mais elle choisit de glisser l'idée sous le tapis de sol du taxi, comme chaque fois que, trouble-fête, elle se présente. Elle veut saisir tout, profiter de tout. Même si elle n'adhère pas fondamentalement à la vie que Carla arpente avec une philosophie toute personnelle, pour le moment elle adore parcourir le chemin à ses côtés. Carla vibre, Carla se donne, sans fard. Pour Lison, cette façon d'être au monde est totalement inédite, fraîche. Quasi violente. Elle se reproche d'autant plus les bobards qu'elle lui a servis. Carla vaut mieux que ça, Carla ne ment pas, Carla n'a pas de temps à perdre avec la demi-mesure, le faux. Elle découche, rentre ivre, perd ses affaires, et assume le tout. Et Carla sourit, surtout, de ce sourire qui vous remue l'estomac, déplace votre diaphragme de quelques nanomètres et impacte irrémédiablement votre centre de gravité. Quel humain digne de ce nom refuserait de vivre une pareille relation ? Pas Lison. Certainement pas Lison, dans ce taxi ou ailleurs. Dans les couloirs de la gare où elle reçoit un appel de sa mère, ou dans le wagon en partance pour Paris. En aucun cas Lison, qui accueille avec joie l'amoureux de sa mère, et qui s'apprête à revoir famille et amis avec la bravoure et l'audace de ceux qui se savent intrépides en secret.

Lison pense Doria, intrigante de réparation ou belle âme perdue ?

Elle pense Dimitri, père insaisissable et cryptique dont elle n'a pas la notice.

Elle pense Brune, mère aimante, mais incapable de total libre arbitre.

Elle pense à cet Hervé, pas prêt, quel qu'il soit, à se trouver dans la fosse aux lions.

Et puis Lison pense Hélène, sa grand-mère, formidable grand-mère.

Lison, c'est de son âge, voudrait être l'exact opposé de ses parents, mais ses parents sont tant et tant de choses qu'il ne reste que peu d'options… Et malgré tout, la force des liens sans doute, elle est heureuse de les revoir, tous autant qu'ils sont.

Arrivée gare du Nord, Lison ôte le mode avion, son smartphone reprend vie. Notifications d'applications par dizaines, pluie de WhatsApp signée Carla et SMS de sa cousine Romane. Lison se jette tout d'abord sur les messages d'outre-Manche et, repue d'endorphines, ouvre ceux de sa cousine.

« Tu lui as vraiment dit ça ???! »

Soupir. Culpabilité. Honte.

« Je lui ai vraiment dit ça. »

Lison récupère sa valise placée dans le sas du wagon, son voisin de siège beau gosse tente un rapprochement. Elle s'est demandé s'il se lancerait, elle a bien perçu ses regards en biais, les petits sourires, et les tentatives maladroites de briser la glace.

« Mais c'est du sérieux avec cette meuf ? »

Lison regarde alentour, comme si quelqu'un pouvait deviner la nature de la relation qu'elle entretient avec Carla juste en observant son visage.

« Oui, c'est sérieux. C'était juste plus simple, en fait. »

« Plus simple de lui raconter que tes parents étaient morts ?! »

En effet. Soit. Certes. Voir l'énormité inscrite en toutes lettres sur l'écran donne à Lison des aigreurs.

Le téléphone vibre à nouveau tandis que Lison avance sur le quai.

« Tes parents, c'est quand même pas Émile Louis et Cruella ! T'assumes pas d'être avec une fille, c'est ça ? »

Lison se laisse glisser contre le mur, en bout de quai, et s'assoit sur le sol. Ses doigts hésitent.

« C'est ce que je dis à tout le monde depuis que je suis à Londres. C'est plus simple. »

« T'es grave ma biche. Famille de ouf, je te jure ! »

« Je sais, c'est bizarre. Ils sont trop encombrants. Je veux pas que Carla rencontre cette partie de ma vie. »

« OK, OK… Bon, je te laisse, j'ai une urgence à gérer. »

« Un ongle cassé, ma chérie ? »

« Si tu savais… T'es pas prête, je crois. »
« Des problèmes ? »
« Moi non, Milo oui. On t'expliquera. »

*

Vingt ans plus tôt, environ

L'imprévu est ce qu'il reste de la magie originelle du monde, une fois le superflu pelé, quand on a épluché l'excédent. Il est impossible de tout planifier, de tout contrôler, jamais. Envisager dans les grandes lignes ce qu'il serait souhaitable de parcourir comme chemin, mais guère plus. Certainement pas plus. Ceux qui s'obstinent à croire le contraire apprennent tôt ou tard et à leurs dépens avoir fantasmé une trajectoire.

Rien ne laissait présager ce baiser, moment suspendu, infime miracle, grâce imprévue, au coin du feu, alors que les autres dormaient. Brune n'avait rien prémédité. Fin de soirée, début de nuit, concordance parfaite des temps. Alignement idéal des planètes pour corps et esprits légèrement grisés.

Il y eut des murmures avant un silence serré, tricoté de tension et de folle attirance entre un homme et une femme.

Il y eut des frôlements d'abord timides et hésitants,

préambules d'un abandon total. Laisser libre cours aux ressentis et aux envies, avoir confirmation d'un désir partagé en secret.

Il y eut ce premier baiser caché, prémisse de ce qu'il faudrait arracher à la suite. Parce que le poids, parce que la culpabilité et les conventions. Parce que la douleur qu'on souhaite éviter, à soi et aux autres.

Il y eut la peau qui frémit, les tempes qui battent, et le cœur qui s'échappe.

Il y eut les gémissements étouffés, le plaisir défendu, d'autant plus intense qu'il ne peut s'étrangler.

Il y eut des vies changées, dans une joie chaude et fiévreuse qui ne durerait pas.

MILO

> *« L'éclat de rire est la dernière ressource*
> *de la rage et du désespoir. »*
>
> Victor HUGO
> *Faits et croyances*

Son père conduit, la radio débite des chansons des années quatre-vingt. Sa mère s'est endormie rapidement après leur départ. Milo voudrait dormir, lui aussi, mais le sommeil le tient à l'écart, loin du refuge rassurant qu'il aimerait rejoindre le temps du trajet. Alors Milo pense, ressasse, cogite. Il ne peut faire autrement, surtout maintenant, surtout avec cette putain d'épée de Damoclès au-dessus de sa tête. Des éoliennes, des vaches, des moutons, une voiture sans permis dans un fossé. Il va se concentrer sur le sourire de Lilas, voilà. Il ferme les yeux et commence à dessiner mentalement les contours du visage de celle qui squatte son cœur. Non, c'est foutu. Il est trop sous pression, ça ne fonctionne pas. Il ne s'est même pas rendu compte qu'il tapait frénétiquement du pied. C'est la sensation de la main de Romane sur son genou qui le ramène progressivement avec eux, sa famille, dans l'habitacle de la voiture. Il adresse une moue perplexe à sa sœur et se retourne vers la vitre. Une pyramide de bottes de paille, des chevaux et Nathalie. Elle est partout. Même là, surtout là, alors qu'il va bientôt se trouver en sa présence. Par-delà la relation qu'il a eue avec la quadragénaire, ce qui était déjà une très mauvaise idée, Milo cherche à trouver le point de bascule, l'instant au cours duquel il est définitivement parti en sucette, en prenant part aux jeux pervers orchestrés par Nathalie. Il soupire, Milo, car il connaît la réponse à sa question faussement innocente. Il a entièrement déraillé quand Lilas, au début, lui a mis un vent… Il pose sa tête contre la vitre, elle cogne contre le verre Securit lorsque son père prend trop vite un dos-d'âne, et il la laisse rebondir, acceptant la douleur presque salvatrice. Il ferme à nouveau les yeux et se souvient comme il a souffert, le mal de bide et les joues rougies, la honte, la déception…

Ce jour-là, Milo rit faiblement alors que dedans c'est un torrent de lave. Il avait pourtant capté les cartons jaunes, mais il y est retourné. Incapable de se résigner, il fallait qu'il soit sûr, certain, qu'il n'y ait pas le moindre doute, quitte à finir KO. Il pense à Lilas le matin sous la douche, la journée pendant les cours et évidemment le soir en s'endormant. Il dit c'est pas grave, alors que c'est la fin du monde. Il dit t'inquiète, alors qu'il voudrait être téléporté dans un trou noir, et ce serait encore mieux si le trou noir était dans une dimension différente. Lilas a ce sourire qui détruit les virus, ce sourire qui fait disparaître le décor, qui dynamite tout le reste et elle le regarde de biais, un peu gênée, contrite dirait la prof de français. Elle paraît emmerdée. Le pire est cette compassion. Cet air de dire je peux pas, ce serait pas raisonnable. Oui, Lilas est emmerdée. Elle le trouve sympa, hein, et puis vraiment mignon, mais elle est pas libre. Elle pensait que tout le monde le savait. Elle dit qu'elle est désolée, qu'elle a un mec, il est en psycho. Connard. Milo dit, c'est pas grave, aucune importance, et part en titubant, le casque sous le bras. Il est en mode automatique. Milo pense psycho, pas libre et dynamite. Il avait jamais connu ça avant Lilas, c'est pas des papillons qu'il a dans le ventre, c'est des mites. De sales mites dégueulasses, ça explique fatalement un résultat aussi pourri. Il avait jamais été amoureux et jamais eu le cœur piétiné. Là, d'un coup, il comprend le spleen, les tragédies grecques et le gouffre. Il comprend tout à coup, comme une éclipse. Il a ouvert la porte, pas conscient de ce qu'il pourrait trouver dans l'au-delà, tout ça pour rester sur le seuil. La foudre est venue s'abattre pile sur sa petite coupe de minet, sur tout le gel qu'il travaille de longues minutes pendant que Romane se fout de sa gueule. S'il avait su, bordel, s'il avait su que ça faisait si mal, il aurait pas calculé cette foutue porte. Il traîne autour du scooter avec un trou dans le ventre. Il a pas le courage de vérifier si Lilas est toujours sur le trottoir ou si elle a filé dans une traînée de paillettes. Il lui en veut pas, elle est vraiment cool, c'est bien le problème. Elle ne ressemble pas aux autres filles, avec sa façon de parler bien à elle, sa façon de bouger aussi. Milo monte sur le scooter, il est sonné, il ne s'aperçoit pas tout de suite qu'il a toujours son casque sous le bras. Il tente finalement un coup d'œil, comme un gosse qui vérifierait en douce que c'est vraiment tonton sous le costume de père Noël. Lilas n'est plus là. Elle a dû rejoindre son psychoteux, un pauvre mec qui doit lui faire un bourrage de crâne ridicule sur des notions qu'il entrave pas lui-même. Non, il lui en veut pas. Lilas est douce et sympa, drôle et charmante. Il aimerait la détester, mais finalement il ne l'en aime que davantage. Il déteste pas Lilas, mais il déteste Nathalie. C'est sans doute de la mauvaise foi, mais ça monte et il fait aucun effort pour endiguer le truc. C'est facile, en fait, de faire glisser la tristesse et la douleur ailleurs, de délocaliser le bordel, plus facile que ne rien faire. Faut qu'il se venge, qu'il évacue la mélancolie, parce que la vérité c'est qu'il est triste comme les pierres. Il le dira à personne, n'avouera pas ça à Romane ou à son pote Thomas, mais c'est comme s'il trimballait un animal mort dans son bide, comme si un ou deux de ses organes s'étaient changés en barbelés. C'est fou comme ça fait mal un chagrin d'amour, il aurait jamais imaginé. Il fait démarrer le scooter, sans savoir où aller, il va rouler, son père a fait le plein. Il va rouler, oui, pour se vider la tête, puisqu'il sait pas quoi faire de son cerveau en ébullition. Abbesses, il va aller tout en haut, tiens, regarder Paris d'un autre point de vue. Peut-être que de Montmartre ça fera moins mal. Peut-être que de là il se dira que c'est pas si grave, alors que pour le moment il est pas foutu d'imaginer une issue. Bien sûr, tout le monde rencontre ça tôt ou tard, c'est comme ça, on peut pas faire autrement. D'ailleurs, jusqu'à preuve du contraire, même quand ça se passe bien, ça se gâte à un moment. Brune et

Dimitri, sa grand-mère Hélène et la mort de Papy Louis. Puis ses parents qui vont droit au crash. Malgré tout, malgré l'avenir obscur, il avait Lilas. Le matin sous la douche, la journée et puis le soir évidemment, ses temps préférés durant lesquels il se jouait des films incroyables, qui démarraient pile quand ils s'embrassaient. Ensuite, il y avait des variantes, mais Milo la rendait heureuse, il la surprenait, et ils riaient beaucoup, surtout. Bien sûr, il y avait aussi du sexe à un moment, il a les hormones au taquet, mais franchement c'était pas le principal de ses pérégrinations nocturnes. Résultat, il se retrouve comme un con, avec ses joues bien rouges, la sueur qui dégouline encore le long de sa colonne vertébrale. Ses oreilles chauffent et c'est pas le casque, c'est la suite logique de la honte et de la déception mélangées. Il gare le scooter, mal, il s'en fout. Ils vont commencer à se demander où il est, ou pas. En tout cas il était censé rentrer tôt. En ce moment tout part en vrille, entre sa mère qui rentre parfois en milieu de soirée avec un sourire de ravi de la crèche et le daron en mode street Mandarine Adrenalyn. Il sait pas bien où ils vont, tous. Il se pose en haut des escaliers de Montmartre. Il y a un mec qui slame, pas mal de clodos et les pauvres gars qui cherchent à refourguer les tours Eiffel qui clignotent. Il est entouré d'amoureux, de touristes et du combo des deux, les pires : les touristes amoureux. Il prend ses écouteurs, il lui faut de la musique, il veut se replier, se retrouver en tête à tête avec lui-même. Milo sort son téléphone à la recherche du parfait morceau pour déprimer, quand il tombe sur les messages de Nathalie. Quelle hyène, elle lâche rien. Elle le provoque, comme si c'était le jour à le chercher. Ses poumons se gonflent d'un air vicié, cette garce noircit tout le beau. Nathalie fronde, elle veut présenter Milo à une amie, puisqu'il ne veut plus la voir, mais qu'il est visiblement pas opposé à se faire un peu de fric. Elle fait pitié, pour tout dire. Son ego doit être sacrément déglingué pour mettre à mal un pauvre ado. Qu'est-ce qu'elle a dans la tête ? Encore moins de matière que dans la sienne, c'est dire. Elle tombe si mal, elle imagine pas. Alors, perché sur les marches, tandis qu'un gars branche un ampli et entame des standards américains, Milo répond. Il dit oui, il est partant. Encaisse, ma grande, morfle un bon coup, hors de question de retourner dans ton lit… Qu'elle prévoie ça avec sa grande copine tordue, son amie avide de chair fraîche. Le message passe en mode lu immédiatement. Nathalie ramasse et Milo savoure. Comment une amie de sa mère, censée être responsable, rationnelle et réfléchie, comment une proche de sa famille a pu s'octroyer le droit de le mettre dans son lit et, pire que tout, prétendre ensuite qu'il était aussi responsable qu'elle ? Il se sent piégé et écœuré à la fois. Alors c'est Nathalie qui va payer, pour le spleen, pour Lilas, le gars en psycho et sa perversité. Elle va payer, même si c'est pas le moyen le plus intelligent. Il fixe les trois petits points qui disent j'écris, Milo, j'écris et je retouche le message pour qu'il soit le mieux tourné possible, pour garder encore l'ascendant. Nathalie fixe le rendez-vous. C'est dans une heure, le bar d'un hôtel, on prendra un verre tous les trois pour commencer et puis je te laisserai juger de la suite à donner. Il se lève trop vite, sa vision se brouille quelques secondes et il sent son pouls s'accélérer. Elle veut l'écraser, lui prouver qu'il est rien qu'une chose qu'elle peut réduire en poussière d'un claquement de doigts, mains manucurées, vernis semi-permanent. Nathalie était rien pour Milo, ni plus ni moins qu'une silhouette allant et venant parfois dans le salon. Elle était rien et désormais il la déteste. Il la hait pour le mal qu'elle inflige, pour l'assurance qu'elle porte en étendard et pour la traîtrise vis-à-vis de sa mère, sa prétendue amie.

Milo traverse Paris et arrive devant l'hôtel. Un truc hyper chic, bien entendu. Il se gare un peu plus loin, pour ne pas risquer de croiser quelqu'un. Il se dévisage dans une vitrine, étonné de pas apercevoir une épave. C'est bien lui. Ses oreilles ne sont plus chaudes, son pouls s'est ralenti et ses joues sont moins rouges. Il est à présent un animal à sang froid. Conscient de faire n'importe quoi, mais incapable de faire marche arrière. Il a envie de pleurer, l'espace de quelques secondes. Il voudrait croiser son père ou sa mère, qu'ils lui demandent ce qu'il fout là, et aussi que cette salope de Nathalie sorte au même moment et qu'elle s'en prenne plein la gueule. Que ce soit violent, sanglant, qu'elle paie pour toute l'innocence qu'elle a souillée. En venant là c'est Nathalie qu'il veut narguer, à qui il tient à dire tu ne m'auras plus jamais, je serai plus ta chose, sale garce. Il se sent mal, mais c'est trop tard, il peut pas perdre la face. Foutu pour foutu, il avance. Il est conscient que c'est la pire chose à faire, mais il voit plus comment agir autrement. Il fonce droit dans le mur, et dans un coin de sa tête, pour survivre à tout ça, il accroche le sourire de Lilas.

Le téléphone de sa mère s'anime, arrachant Milo à ses pensées. C'est Nathalie, elle s'exclame en riant. Elle est partie en retard, la faute à un dégât des eaux ou quelque chose comme ça, mais rien de méchant, ça va. Milo respire mal, encore plus mal qu'avant. Sa gorge est sèche, le col de son T-shirt trop serré. Il transpire. Il sent le regard de Romane, qui dit t'es pas tout seul. Il se met à trembler, sur la banquette arrière de la voiture familiale, et une envie d'ouvrir la portière et de se jeter au-dehors lui traverse la tête. La main de Romane se pose sur la sienne. C'est vraiment la merde, mais on est deux.

COMME UNE ÉCLIPSE

« Effacer le passé, on le peut toujours : c'est une affaire de regret, de désaveu, d'oubli. Mais on n'évite pas l'avenir. »

Oscar WILDE
Le Portrait de Dorian Gray

Dire qu'ils vont être réunis, comme avant ou presque. Dire qu'ici, par à-coups, ils ont ri, mûri, se sont épanouis, aussi. À la fois pouls, baromètre et diapason de leurs existences, cette maison a assisté aux crises et aux réconciliations. C'est si émouvant, bouleversant, même. Et les enfants, la deuxième génération, qui changent si vite. Il y a bien longtemps qu'ils ne se sont pas retrouvés ensemble. Certains ne savent même plus de quand date leur dernière venue.

Les traiteurs finissent de s'activer en coulisses, bruits de tables qu'on déplace, de chaises qu'on désempile, tintinnabulement des verres et des flûtes transportés dans des caisses et qui bientôt s'entrechoqueront. Dimitri a fignolé chaque détail. Il est anxieux, souhaite que tout soit parfait. Il a beaucoup cogité ces derniers temps, il faut bien un début à tout. Doria, passablement stressée, coince son compagnon dans un couloir. C'est qu'elle le trouve particulièrement pâle. Qu'il n'oublie pas que lors de son dernier check-up, le médecin a conseillé plus de ménagement. Dimitri s'agace. Tout va bien, tu ne vas pas t'y mettre, bordel. Allons, ma douce, excuse-moi, je suis à cran. Je veux que tout se passe au mieux. Il faut que tout se passe au mieux.

Pour finir, c'est en taxi que Fred, Marie-Claire et les garçons arrivent. Dans la foulée du VTC, d'autres voitures s'avancent dans l'allée. Il y aura le noyau dur et des collègues, des connaissances, mais également des relations de travail encore incontournables. Les pneus crissent sur le gravier nouvellement installé. C'est joli ce blanc, très chic. Tout comme ces arbustes qui encadrent désormais le chemin, très élégants. La maison a vraiment beaucoup changé de physionomie ces derniers mois. Lison paraît soudain, émergeant d'un véhicule avec Hélène, sa grand-mère. Dimitri, alors, n'a d'yeux que pour sa fille. Bon sang, c'est elle l'éclipse. On dirait qu'il la découvre. Lison semble si sûre d'elle, déterminée même. L'expérience de l'étranger, sans doute. L'autonomie, surtout. Dieu qu'elle est loin la blondinette espiègle qui plongeait dans le lac sans prendre le temps de se mouiller la nuque, le menton barbouillé de glace au chocolat. Dimitri s'avance, mais ne sait comment s'y prendre pour l'accueillir. Il l'embrasse gauchement alors que Lison avait l'air prête à se laisser étreindre. Certains, dont Marie-Claire, suivent déjà Doria, qui propose de prendre possession des chambres. Fred reste cloué sur place. Le paysagiste a du mal à cacher son étonnement.

— Alors ?! demande Dimitri, sans parvenir à masquer l'excitation qui le remue.

— Impressionnant…, souffle Fred.

Dimitri le prend par le bras.

— N'exagère pas ! Viens donc me dire ce que tu penses de la terrasse : j'ai fait appel à une entreprise ultra-efficace !

Fred se laisse entraîner de l'autre côté de la maison, tandis que Séverin et Enguerrand filent vers le garage. Sa main à couper que ses fils ont décidé de vérifier par eux-mêmes la véracité de cette intrigante histoire de quads. Au grand dam des serveurs qui s'activent encore aux derniers détails, les décorations des buffets, composées d'élégantes fleurs blanches et de profusion de feuillages, se font malmener par un vent soudain. Prouesse induite par l'usage des nouvelles technologies, Romane, Milo et Lison reprennent, non sans fluidité, leur discussion laissée en plan quelques minutes plus tôt sur une application de messagerie. Ils sont crispés, les cousins, leurs visages par trop sérieux tranchent avec la joie sincère qu'ils éprouvent à se retrouver. Romane, tout en se rongeant les ongles, invite les deux autres à plus d'intimité en les guidant vers le vieux saule pleureur. Flanquées d'une Doria peu à l'aise dans le rôle de la maîtresse de maison, Hélène et Marie-Claire passent en revue les pièces de la nouvelle extension. Même si Doria n'est plus en première ligne sur le perron à accueillir les convives, les invités continuent de se presser aux environs de la grille. Les talons dérapent sur les gravillons de l'allée avant de venir s'enfoncer dans le gazon impeccable. Doria secoue un éventail devant son visage. Les claquements de portières et les éclats de voix qu'elle perçoit encore depuis les couloirs de la maison n'ont d'autre effet que de comprimer sa cage thoracique. Elle manque d'air, c'est trop pour elle. Elle a d'ailleurs revu ses ambitions de diaporama à la baisse et s'est contentée de réaliser un album souvenir qui trône dans le salon, à côté de la grande photo. Elle aimerait que tout soit déjà derrière elle, derrière eux, retrouver Dimitri pour elle seule. Pourtant les festivités ne font que commencer. Les amis d'enfance sont désormais tous présents sur la propriété, mais encore éparpillés aux quatre coins du domaine, qu'il s'agisse du jardin, de l'une des trois terrasses, ou bien de chambres ou de pièces à vivre. Là, mais pas encore ensemble, il faut croire qu'un temps d'adaptation est nécessaire.

Près de la monumentale cheminée du salon, Clément s'est laissé tomber dans un fauteuil qu'il ne connaît pas, et cela le contrarie. Il y avait pourtant des clubs assez semblables à ceux qu'il a chez lui. Ils les avaient trouvés ensemble dans un vide-greniers, l'été suivant l'achat de la maison. Où ont-ils pu passer ? Dimitri n'aurait quand même pas osé les virer ? Au moins la grande photo est toujours en place. Qu'ils sont jeunes dessus… Clément détourne le regard. Il se fait violence pour moins penser à cette satanée nuque. Durant tout le trajet il n'a pas soufflé le moindre mot, revivant chaque scène de cette foutue soirée d'inauguration. En quête d'un microdétail qui aurait pu lui échapper, qui aurait eu l'outrecuidance de passer entre les mailles de sa mémoire malmenée. Il serre les poings. Hors de question de s'avouer vaincu, il jurerait que, tout comme l'éclipse à venir, un angle non exploité de sa vie va se montrer à lui.

— Tu pourrais répondre, s'il te plaît ?

Clément sort du brouillard léthargique qui l'avait gagné, démarrage houleux en seconde, soubresauts du moteur. Anaïs se tient devant lui, yeux saphir, mais regard noir, bras contractés le long de son corps gracile. Elle est furibarde. Ça fait deux minutes qu'elle est là et trois fois qu'elle lui demande, bordel, s'il a des nouvelles de Brune. Clément ne sait pas, non. Pardon, je rêvais. Tu rêvais, oui. Et je commence à en avoir plein le cul de vivre avec un rêve, en effet. Tu vas aller rêver plus loin, bientôt, ça ne va pas faire un pli. Clément soupire, il est devenu excessivement efficace dans cette spécialité, ceinture noire de souffle exaspéré. Sa femme est usante, tellement usante. Il préfère aller voir la nouvelle terrasse plutôt que d'entendre ça, merci bien. Clément se sent agressé, pas même coupable. Anaïs n'a que ce qu'elle mérite, personne ne se soucie de lui dans cette famille, il a bien le droit de penser à la nuque, mince alors.

— Des nouvelles de ta sœur ? demande Hélène alors qu'il franchit le seuil.

Pauvre Clément qui pensait avoir droit à un peu de répit. Non, Maman, je ne sais pas où est Brune, et je crois pouvoir dire qu'en l'instant je m'en contrefrous carrément. Vous me prenez pour un poste de contrôle, une vigie ou bien ? Et merde… Allez, Maman, pardonne-moi. Ne te drape pas, s'il te plaît. Ne pleure pas, je t'en conjure. Je suis désolé, voilà. Écoute, je n'en sais pas plus que toi, elle ne va sans doute pas tarder. Je crois qu'elle vient avec ce gars, rencontré il y a peu. Hélène retrouve aussitôt le sourire, sèche des larmes aussi soudaines que troublantes.

— Hervé ? Formidable ! Il est vraiment charmant. Je suis si contente que Brune se soit décidée à l'emmener !

Quoi ? Comment ? Sa mère, donc, connaît déjà Hervé. À moins qu'elle n'en ait simplement entendu parler. Cette relation doit être sacrément sérieuse puisque, depuis le divorce, Brune n'a pas présenté la moindre conquête à quiconque. Voilà, une fois encore il est le dernier au courant. Oui, c'est de la mauvaise foi, et alors ? Bien sûr qu'il n'a pas pris le temps de creuser le sujet alors que Brune semblait désireuse de lui en parler. Fait chier. Et où sont les enfants d'abord ? Près du vieux saule ? Tiens, Dimitri a fait raccrocher une balançoire ? Bon sang ! Et le chat de Pio, qui est toujours en vie !

Près du grand arbre, en effet, Romane, Milo et Lison sont dans le dur. Il va falloir parler, non pas du fait que Lison ait tué ses parents, de manière figurée, certes, cependant tués quand même, mais du cas Nathalie. Après un point info, Lison se tasse un peu plus qu'elle ne l'est, assise en tailleur dans l'herbe. Sérieux, Milo, c'est la cata, mon pauvre, dans quoi tu t'es fourré. Quoi qu'il en soit, garde en tête que tu es la victime, et l'autre tarée l'adulte censément responsable. Le monstre est en route et il va falloir gérer l'affaire d'une manière ou d'une autre. La nympho a envoyé des SMS à Anaïs alors qu'ils étaient en famille dans la voiture. Romane a lu par-dessus l'épaule de sa mère, Nathalie va vraiment se pointer et ça va pas le faire du tout. Silence cathédrale. Réflexion intense.

Des moins proches continuent de se présenter. Ils sont dans le désordre des copains de fac, un voisin, l'ancien bras droit de Clément et Dimitri. Des groupes se forment et le domaine, peu à peu, se remplit. Sur la nouvelle terrasse effectivement impressionnante un groupe de jazz se met en place. Le chanteur entame les premières notes de « Georgia on my mind ». La vache, Dimitri n'a lésiné sur aucun cliché.

— Je suis incapable d'avouer ça aux parents, murmure Milo en dépouillant une pâquerette de ses pétales.

Non, il va endurer, c'est décidé. Il pratique depuis un temps le Nathalie première langue, sans mauvais jeu de mots, merci bien, les filles. Ça va être un enfer, mais il tiendra et s'il le faut, il pourra toujours prétexter un malaise pour s'isoler. Lison s'emporte. Qu'est-ce que c'est que cette meuf, enfin ! Un succube ? On va réellement la laisser te prendre en otage, Milo ? Il pourrait porter plainte contre elle ! Non, il ne pourrait pas, Lison. Il était consentant et pourrait se trouver accusé de prostitution. Un comble, quand on prend le temps d'y réfléchir deux secondes. Milo reçoit un SMS de Lilas et respire un peu plus amplement. Depuis quelques jours, alors qu'il n'espérait plus, l'adolescente qui fait battre ses tempes a tenté un rapprochement. Elle a rompu avec son mec et, sous prétexte de répétitions et autres sujets tout aussi lambda, elle relance la discussion, pour le plus grand bonheur de Milo. Lison et Romane ont raison, dans quelle mouise il s'est foutu. Avec les filles de son âge, les complications sont si simples. Quel que soit le degré de gêne, il est soulagé de partager le honteux secret Nathalie avec sa sœur et sa cousine.

Pendant que certains gagnent les chambres, tel un arrêt au stand pour passer de belles tenues ou se refaire une beauté après des heures de route, Brune, le soleil, paraît enfin dans l'allée. Doria va au-devant d'elle. Trouble d'un côté, gêne de l'autre. Bonjour, voici Doria, la compagne de mon ex-mari, et voici Hervé. Hervé tout court. Hervé sourit, Hervé sourit tout le temps. Hervé a appris sur le tas et dans la douleur à ne rien prendre pour lui. Hervé ne prend rien. Rien personnellement. Sauf quand c'est offert de bon cœur, et les moments passés en compagnie de Brune, il les sait beaux et sincères. C'est là le seul commandement de son testament, n'en déplaise à la logique et aux conventions dont il se balance à peu près. Doria rame pour trois, pour douze. Doria est galérienne. Doria tente de contenter toutes et tous. Hervé plaint d'instinct la jeune femme. Il remarque la détresse derrière la contenance d'apparat. Pendant ce temps, sa Brune progresse, rencontre, salue, étreint, penche la tête. Et, enfin, Brune aperçoit Lison. Elle fond littéralement sur sa fille. Là, Brune redevient la Brune qu'il connaît, se dit Hervé. Puis, Brune avise Dimitri et stoppe aussitôt sa course. Le temps s'arrête, ses jambes la portent moins bien. Le jardin tournoie, les invités virevoltent, le groupe joue, le monde a le tournis. Dimitri, rompu aux mondanités, se présente, vous êtes ? Il est Hervé, Hervé tout court. Brune ne m'a rien dit, elle manque à tous ses devoirs. Mais déjà accaparé, Dimitri s'excuse et, tandis que Brune se trouve écartelée entre embarras et culpabilité, Hervé rassure. Tout va bien, je devine comme l'exercice est difficile, veux-tu un verre ? Brune reste bouche bée, mesurant pour la première fois la chance qu'elle a, finalement. De quelle planète viens-tu, Hervé ? Quel ange a déposé une perle comme toi sur mon chemin ? Promets-moi de ne pas disparaître au moment de l'éclipse. Reste, ô reste après que la nuit a mangé le jour. Tiens-moi la main pour ne plus la lâcher. Je suis heureuse que tu rencontres Lison, ma fille d'amour. Heureuse, enfin, que vos trajectoires, telles celles de la Lune et du Soleil tout à l'heure, se croisent. Lison, je te présente Hervé, tout court, mais pourtant déjà tant de choses.

Tant de choses, et entre autres talents divers et variés, animateur de groupes de parole. Hervé est ce genre de personne, ce genre d'individu qui n'oublie jamais un visage. Il a remarqué Anaïs avant qu'elle-même ne le voie. Il l'a dispensée d'une séance de présentation gênante, d'autant que pour lui Anaïs est Rose, malade et esseulée, et en aucun cas, comme il semble ce jour, la belle-sœur de Brune, pimpante et très en famille. Hervé s'intéresse à Lison et la Londonienne d'adoption sourit. C'est avec facilité que ces trois-là blaguent. Rose, quelle qu'elle soit, disparaît momentanément du champ de vision d'Hervé. Une chose à la fois, aborder les complexités lorsqu'elles se présentent, pas avant. Lison s'excuse, elle doit retrouver ses cousins, une affaire assez urgente. Ce fut un plaisir, vraiment, nous prendrons le temps plus tard ? Brune est heureuse, ses yeux pétillent de plaisir et Hervé a appris à lire ces nuances dans le regard de cette femme qu'il espère côtoyer longtemps encore. Brune presse son bras avec affection, comme pour lui signifier que tout s'est bien passé, confirmant que la validation de Lison était une étape plus que primordiale. Dans une tenue aussi fuchsia que vaporeuse une femme hèle la dermatologue soulagée. Hervé, d'un clignement de paupières, laisse sa cavalière vaquer à quelque devoir mondain, il la rejoint bien vite avec deux flûtes de champagne et indique à Brune le portable que Lison a oublié sur une table. Dans la main de Brune, l'appareil se met à vibrer. Machinalement et sans arrière-pensées, Brune parcourt distraitement l'écran tout en devisant avec l'exubérante dame fuchsia. Les messages qui s'y succèdent harponnent sa rétine. Une amie anglaise, Carla, tente de joindre Lison avec insistance. Elle semble s'inquiéter. Brune aime l'idée que sa fille ait des amis qui s'inquiètent pour elle. Mais les notifications s'accumulent et s'amoncellent, comme autant de fusées de feux d'artifice, rafales d'informations, grenades aux goupilles dangereusement branlantes. Et Brune, hypnotisée, se met à lire, zappant complètement l'insupportable monologue que la connaissance leur imposait jusque-là, n'entendant plus même le groupe qui enchaîne avec sobriété des standards de jazz. Sur l'écran, Carla compatit, avec force smileys. Une fête de famille alors que ses parents sont morts, c'est vraiment dur. Mais elle pense à elle, elle ne fait d'ailleurs que ça. Elle a tellement envie d'elle, de son corps, de sa peau, de sa chute de reins. Tellement hâte de la retrouver pour lui… Bon sang ! Lison ! Viens ici tout de suite ! Au loin, Lison lève la tête et fronce les sourcils. Brune est furieuse, sa gorge bouillonne, ses tempes battent selon un rythme dont elle ne connaît pas les partitions et qui n'a rien à voir avec du jazz, mais plutôt du metal. Son cerveau bugge, elle est incapable d'assimiler autant d'informations en un temps si court. Dimitri surgit de nulle part, rouge et furibond. Ça ne va pas, Brune ! Tu te crois où ? Qu'est-ce qui te prend de brailler comme ça ? T'es pas seule, au cas où tu l'aurais pas remarqué, c'est tout toi ça ! Il n'en faut pas plus pour faire céder les goupilles des susdites grenades. Brune explose si elle veut, il n'est plus le temps où il lui dictait par le menu ce qu'il est bon de faire. Et si ça l'intéresse, on ne sait jamais, sa fille sort avec une Anglaise, et elle lui a raconté qu'ils étaient morts, tous les deux ! Plus de parents, couic, kaputt, fin du game ! Alors elle encaisse les nouvelles comme elle peut, Brune, et oui, en l'occurrence elle crie, elle aurait pu danser la gigue, enfiler des perles ou faire des rondades, mais elle crie. Et si ça ne lui plaît pas, elle s'en carre gaiement le cul, tiens. Dimitri emmène Brune à l'écart, il est hors de question qu'elle fasse un scandale. Encore moins ce jour, encore moins ici. Lison rapplique, tandis qu'Hervé choisit de se placer en retrait, en périphérie de la scène. Lison hausse les épaules en avisant son smartphone. Ça va ? Tranquille mon téléphone ? Faut pas vous sentir gênés, surtout. Je suis venue, c'est déjà bien, non ? Alors c'est vrai, tout ça ? siffle son père, vrai que tu es lesbienne ? J'y crois pas ! C'est une blague ? Brune, incrédule, dévisage son ex-mari tandis que Lison éclate de rire. T'es sérieux, Papa ? T'es vraiment sérieux ? Un peu que je suis sérieux ! claque Dimitri. Tu te cherches, tu t'interroges sur ta sexualité pour nous provoquer, ta mère et moi ? Lison recule d'un pas, un sourire moqueur pendu aux deux oreilles. Ah parce que vous reformez un duo quand l'heure est grave ? Vous donnez des représentations ? Pauvre petit Papa… Ce ne serait pas chic que ta fille sorte du rang ? Vulgaire et gênant, je vois le tableau. Autour d'eux, certains invités s'écartent, d'autres détournent le regard et montrent une attention soudaine pour les petits-fours et l'atelier huîtres, situé non loin du groupe. Dans un silence heureusement vite comblé par la contrebasse, Brune hoquette. Elle dévisage Dimitri, cet inconnu définitif. Ce qui devrait plutôt t'inquiéter, c'est que ta fille prétende que ses parents sont morts, non ? Ça ne serait pas le plus signifiant, ça, d'après toi ? Mais Lison n'est déjà plus là. Dimitri secoue la tête, il a à faire. Elle ne se rend pas compte. Ce n'est pas le moment, ils en reparleront plus tard. Il est hors de question que ce type de débilités viennent troubler sa journée. Des jours qu'il se fait chier pour que tout soit parfait, mais évidemment, Brune n'est pas en mesure de comprendre. Ah oui, ça lui passe par-dessus la tête. Si ça continue, ils vont rater le début de l'éclipse avec ces conneries ! Alors Brune tombe sur une chaise et pleure, honteuse, triste et vide d'éprouver sa fille si éloignée d'eux. Si loin d'elle, de ses propres rêves enterrés de famille. D'un hochement de tête, Brune autorise Hervé à suivre Lison qui a gagné à la hâte le fond du domaine. Au bout du compte, Brune a échoué, sa fille prétend ne plus avoir de parents. Sa fille chérie préfère tuer ses géniteurs que d'avoir à les assumer. Elle détaille la finesse de la flûte qu'elle enserre d'une main crispée. Ce ne peut tout de même pas être du cristal, elle observe les ciselures, la précision des reliefs et lentement entrouvre les doigts pour laisser le verre choir. Dans un tintement qui ne laisse plus le doute planer, celui-ci se brise sur la belle terrasse, et le bruit clair réconforte Brune. Elle avait besoin d'action, de concret dans ce débordement émotionnel.

Anaïs s'apprête à rejoindre sa belle-sœur lorsqu'elle percute Hervé qui revient du fond du parc. Elle se fige, glacée. Est-elle sujette à une hallucination ? Mon Dieu. Elle tente de cacher ce champagne qu'il ne saurait voir. Ce champagne que Rose, censée suivre un régime draconien, ne saurait boire. Rires nerveux. Le monde est petit, c'est pour le moins une drôle de situation, n'est-ce pas ? Hervé acquiesce, que faire d'autre, tandis qu'Anaïs se lance dans une brasse coulée ascendant parpaing. Ce n'est pas ce qu'il imagine bien sûr, elle espère vivement qu'il ne tire de ces troublantes apparences de conclusion trop hâtive. Attention, elle est malade, hein, qu'il ne s'y trompe pas. C'est qu'elle ne tient pas à ce que les siens sachent qu'elle est souffrante, elle veut protéger sa famille… S'il pouvait rester discret ? Hervé, maître Sourire donc, s'emploie à sa qualité première, acceptant tacitement la requête de la transplantée imaginaire. Avec douceur, Hervé rassure. Il n'est pas homme à conclure hâtivement. Clément s'approche, se présente. Aurait-il donc affaire au fameux Hervé, l'ami de Brune ? Il fait signe à un serveur, vous prendrez bien un peu plus de champagne. Attention à la descente de ma femme, Hervé ! Taillée comme une brindille mais une constitution de fort des halles ! Gare à ne pas vous laisser emporter dans son sillon, ou vous le regretteriez en fin de journée ! Tu te crois drôle, Clément ? aboie Anaïs/Rose. Hervé, veuillez excuser l'humour de mon mari, par moments il me désole. Clément, tu es fatigant, il faut toujours que tu en rajoutes. Je t'ai demandé de me couvrir, pour que personne ne se doute de ma transplantation, mais tu n'es pas non plus forcé de me faire passer pour une alcoolique ! Anaïs secoue la tête, excédée, et fausse compagnie aux deux hommes. Clément, interdit, reste muet quelques secondes. Il lève les yeux au ciel et vide son verre sous le nez du serveur qui ne sait plus s'il doit ravitailler ou non, puis marmonne que, vraiment, il a perdu les conditions d'utilisation de sa femme. Puis il poursuit par des banalités, afin d'émerger du malaise qu'a laissé derrière elle Anaïs en se sauvant.

Anaïs palpite, Anaïs panique. Elle ne peut pas être découverte. Ce n'est ni une possibilité ni une option. C'est un cauchemar. Hervé est ici et Hervé connaît Rose et non Anaïs. Elle avise Doria et choisit d'en faire son radeau. L'éclipse démarre à quelle heure, exactement ? Doria ne sait plus, Doria a tout oublié et ne peut répondre à Anaïs, qui semble se prendre de passion pour toutes les platitudes qu'elle débite. Elle ne la lâche plus d'une semelle. Doria est blanchissime, pardon, elle doit s'asseoir. Elle aurait mieux fait de ne pas regarder son téléphone, pourquoi diable a-t-elle été le consulter ? Ah oui, pour vérifier l'heure de cette salope d'éclipse, alors qu'il suffit de lever le nez, bordel. Qu'est-ce qu'ils la gavent tous avec cette éclipse de mes deux. Doria n'a pas répondu à son père, tout du moins n'a-t-elle pas encore fait le virement que cette enflure attend de pied ferme. C'est son dû, normal. Aussi, tout naturellement, le vieux a-t-il proposé dans un message de rendre visite à sa *chère* fille si ça pouvait l'arranger. Il prend aussi les espèces, si c'est plus commode pour elle. Elle devrait être contente qu'il accepte de se déplacer ! Avec l'arthrose qu'il se paie, la route lui flingue le dos. Mais ça lui ferait plaisir, ça fait combien ? Douze ans ? Bientôt son riche compagnon saura à qui il a affaire. Ah ! Ça va lui faire tout drôle. Une pauvre fille qui a honte de ses origines, de son taulard de père et de son alcoolique de mère morte dans son vomi. Rien de moins qu'une gourde qui croit péter plus haut que son cul. Doria s'excuse, elle doit aller se rafraîchir. Anaïs l'en prie. De toute façon Romane l'interpelle par de grands gestes. On se voit tout à l'heure, bien entendu. Pardon, Romane, ma chérie, tu voulais ? Ah donne-moi une petite seconde, encore un message de Nathalie. Elle s'est perdue ! Elle est impayable, quand même, pas le sens de l'orientation pour deux sous. Justement quoi ? Comment ça, justement Nathalie ? Attends, recommence, je ne comprends pas. De qui tu parles ? Romane, tu as bu ? Combien de verres ? Honnêtement, je suis dépitée que tu trouves ça drôle, et vraiment j'ai besoin de tout sauf de me faire asticoter. Où est ton frère ? Vous êtes insupportables de me faire ça, déjà que votre père est ingérable et qu'il n'a pas voulu mettre autre chose que ses baskets orange. Romane ? Enfin pourquoi tu pleures ? Ma chérie… Qu'est-ce que. Non. Non.

Dis-moi que c'est une mauvaise blague. Romane, non. Je ne veux pas, non. C'est non. Je refuse. Milo ? Comment va Milo. Je vais… Non. Attends, je dois respirer, laisse-moi me poser, il me faut de l'air. Je saigne du nez ? On s'en fout ! Romane, viens là. Je suis là. Je suis là, maintenant. Où est Milo. Milo, mon amour. Mon tout petit grand amour. Je suis tellement là, mes amours. Je suis si désolée, si vous saviez. Je vais tout arranger, venez tout près. Ne me lâchez pas, mes amours. Anaïs découvre une nouvelle strate à son ventre, quelque chose en dedans s'est fissuré et un flot de lave dévale de l'ouverture. À cet instant, Anaïs n'est plus ni humaine ni femme. Peu importe Rose et son addiction folle, peu importe que Clément soit insupportable. Elle est mère, louve, elle pourrait tuer. Elle pourrait déchiqueter, massacrer, lacérer, mais elle pense avant tout à son petit, alors elle se servira simplement de son téléphone pour le moment. Sèchement elle va annoncer à ce simulacre d'amie qu'elle sait et lui interdire de venir. Ne surtout pas la menacer, ce serait se mettre à son niveau. Elle se réserve le choix des armes pour plus tard, et, crois bien, Nathalie, que la hache sera l'élément le plus doux de l'arsenal. Milo a prévenu sa mère, Nathalie risque de nier. Non c'est même certain, elle va tout réfuter en bloc et le charger. Elle prétendra que c'est lui qui l'a séduite. Anaïs s'éloigne de ses enfants, le téléphone à la main. Elle va défendre les siens. Elle tient à sa famille. Oui, même à Clément, finalement, qui erre, hagard, coupe à la main et Mandarine Adrenalyn aux pieds, se surprend-elle à penser. Elle cherche du réconfort auprès de son téléphone, comme si l'objet pouvait se comporter en allié pour la conversation qu'elle s'apprête à avoir. Après un profond soupir, elle lance l'appel tout en levant les yeux au ciel. Bientôt l'éclipse alors que sa vie se fissure, alors que son armure se fendille. Bientôt l'éclipse alors que l'on a écharpé l'innocence de son fils. Elle lance l'appel et décide qu'il en est fini des mensonges.

Dimitri s'est isolé, il répète une fois encore le laïus qu'il a prévu de servir à son cercle rapproché juste avant l'éclipse. Il chasse de son esprit l'esclandre ridicule. Sa fille n'est pas lesbienne, il l'aurait deviné. Et Brune toujours incapable de gérer ses émotions. Il faut qu'il se reconcentre. Car il ambitionne un grand moment, un instant solennel et cinématographique. Où en était-il, déjà ? Voilà, il s'est effectivement enrichi sur une idée commune et il n'a pas toujours été très à l'aise avec ça, bla bla bla. C'est pourquoi il veut réparer ce que certains pourraient considérer comme une injustice. – *Marquer une pause de deux ou trois secondes.* – Il a justement fait tous ces travaux ici pour gonfler la valeur de la maison, à ses frais donc, de cette manière cela profitera à tous. Si on ne peut décemment nier que cette idée de plateforme de streaming était collégiale, seuls Clément et lui l'ont développée. – *Nouveau temps de silence, afin de bien appuyer que cela fait toute la différence.* – Mais peu importe, ce n'est qu'un détail et seule compte leur amitié. Et comme il tient fort à eux, il ajoute à cela une coquette donation. C'est cadeau, plaisir d'offrir. Mes amis, voici cette somme rondelette, recevez cela en mémoire de moi. Dimitri est satisfait, ça sonne bien.

Oh, il s'attend évidemment à quelques réticences pour la forme. Mais si, j'insiste, c'est de bon cœur. Allons, n'en parlons plus, levons nos verres et trinquons à l'amitié. Vous achèterez des quads aux enfants, vous partirez en vacances, tout ce que vous voudrez. Le chat de Pio passe près de lui et Dimitri, soudain à l'étroit, regarde alentour. Ce chat est toujours là où on ne l'attend pas.

Brune se remet peu à peu de ses émotions. Dimitri est définitivement un gros con et elle parlera à tête reposée avec Lison. Hervé l'a rassurée, sa fille n'était ni surprise de la tournure des événements ni traumatisée. Soudain elle avise Anaïs. Sa belle-sœur, écarlate, déambule téléphone en main. Elle s'est mise à l'écart, hors de portée de voix. Sa robe bleue est gonflée par le vent, ce qui donne à l'ensemble un effet tout à fait pictural. Une fois la communication terminée, la grande brune s'écroule sur un banc à proximité. Brune se demande si elle a un amant. Son frère ne semble pas aller bien… Quel appel téléphonique Anaïs peut bien avoir à cacher ?

Clément rejoint Anaïs sur le banc. Il a l'impression qu'ils ne parlent plus la même langue. Il veut lui demander ce qui lui prend. Lui dire : C'était quoi ce plan tout à l'heure, avec le champagne ? Tu as transplanté quoi, c'est une métaphore ? Et puis il choisit d'éluder. Il emprunte le chemin de la Suisse, il a un autre sujet. Il a capté que ça chauffait entre sa sœur et Dimitri, un truc avec Lison. Elle a un sacré caractère la cousine quand même. Alors Anaïs exulte, sans préambule. T'en as pas marre de t'astiquer le nombril, de te lustrer le spleen ? Tu penses valoir mieux qu'eux ? Tu penses qu'on vaut mieux qu'eux, peut-être ?! Elle le laisse en plan, l'urgence est ailleurs. Elle veut retrouver ses enfants, être à leurs côtés. Où sont-ils donc ? Elle doit les rejoindre. Plus rien d'autre ne compte.

Un coup de klaxon fait pivoter des têtes. Nathalie, visiblement d'humeur exubérante, sort d'une Mini rouge flambant neuve. Milo verdit à vue d'œil, tandis que Romane lui prend la main. Qu'est-ce que c'est que ce bordel ? Maman a pourtant bien dit qu'elle se chargeait de lui interdire de venir ? Milo ne sait pas, Milo ne sait plus rien. En cet instant, ses tempes battent trop fort pour appréhender le reste de l'échange. Lison promet d'en découdre, elle n'en peut plus de tous ces cons lâchés en liberté qui n'ont d'autre but que de pourrir la vie de leurs contemporains. Romane réfléchit à toute vitesse, sans pour autant délaisser son frère en proie à une absolue détresse. La situation est lunaire. À quelques encablures, Nathalie, tout sourire, progresse entre les connaissances, déposant généreusement là une accolade, ici un sourire. Elle est resplendissante, en terrain conquis. Tout à coup, Milo comprend. Il saisit ce que sa mère s'apprête à faire, il la découvre justement qui vient d'un pas lent dans leur direction. Oui, sa mère compte réduire Nathalie en cendres et il ne saurait dire s'il s'en réjouit ou s'il se trouve au comble de l'effroi. Nathalie agrippe d'abord le bras de Clément qui a délaissé son banc pour retrouver la foule. C'est vrai qu'à bien y réfléchir elle s'est toujours montrée tactile avec lui aussi, songe Milo. Plus loin, Anaïs observe encore, tous ses sens se sont furieusement aiguisés à la seconde où son « amie » s'est glissée dans son champ de vision. Elle perçoit plus finement la bonne odeur d'herbe coupée, un corbeau décolle d'une branche, son croassement lui semble destiné. Elle saisit une flûte au vol, oui, son goût aussi s'est affûté. Elle examine son ennemie, laquelle parade, virevolte, puis se pend au bras de Clément. Elle l'imagine toucher son fils et à cette pensée enfonce profondément ses ongles dans ses paumes de main, jusqu'à souffrir, jusqu'à cranter la peau de quatre petits croissants. Elle distingue moins l'air de jazz, mais capte les mots articulés par la monstrueuse quarantenaire. D'ailleurs, celle-ci salue Anaïs d'un signe, signe qui dit, j'arrive, ma chérie, je ne t'oublie pas. Non, en effet, Milo a vu juste, Anaïs n'est pas allée au bout de son appel. Elle a bien composé le numéro, laissé sonner, puis raccroché avant que l'autre ait pu répondre. Ça aurait été trop facile, indigne d'elle-même et de ce qu'elle doit à son fils. Nathalie blague avec Clément, elle se penche à son oreille avant de mimer un mouvement de recul en riant. La voilà qui entame la conversation avec Hélène qui a rejoint son fils. Traîtresse. Perfide. Félonne. Il manquait un féminin à Judas… Anaïs n'a rien prévu, son cerveau entreprend des réseaux de délestage. Elle fait confiance à ses sens, à son instinct, et rejoint les jumeaux et leur cousine. Clément, Hélène et Nathalie s'approchent d'eux, inconscients que l'après-midi et leurs existences vont basculer en une fraction de seconde. Anaïs se fait la promesse d'en finir avec les mensonges. Milo tremble, fait mine de s'éloigner. D'un regard, sa mère le rassure, d'un geste, elle le tranquillise. Elle va gérer. N'est-ce pas ce qu'elle fait, à longueur de temps ? À la maison, au travail, partout, tout le temps. Alors, aujourd'hui plus que jamais, elle va maîtriser, et tous les lancers de hache du monde ne pourront rivaliser avec ce qu'elle va faire endurer à Nathalie. Anaïs sourit, se laisse même embrasser sur la joue par sa déloyale amie, cougar perverse ayant violé sa tanière. Elle se dégage doucement, attentive à la façon dont Nathalie glousse, dont elle étreint Lison, raide comme une morte, puis Romane, interdite. L'exubérante n'ose qu'une tape amicale à Milo. Nathalie est décidément un monstre à sang froid. Alors, Anaïs avise ce serveur qui accourt avec un plateau plein de flûtes et de petits-fours. Elle saisit un verre, se tourne et, avec une lenteur exquise, sans un mot, le verse sur la tête de sa rivale. Le silence s'impose, gagnant comme par un jeu de dominos les groupes d'invités alentour. Nathalie s'est tue. Enfin, elle a cessé son insupportable caquètement. Clément, lui, articule dans le vide, dévisageant sa moitié qui, visiblement, perd la raison. Anaïs prend cette fois deux flûtes, une pour chaque main, c'est tout de même plus harmonieux, et se met à projeter le champagne par petits jets, çà et là, sur la jolie robe de Nathalie, qui lui colle de façon obscène à la peau. Nathalie ne bouge pas, ne cille pas, elle a peur de comprendre, elle se sait démasquée. Elle n'oppose rien, c'est peine perdue. Anaïs s'est mise en jambes, quelque chose d'enfantin la gagne soudain. Elle questionne le serveur, à quoi sont ces canapés ? Livide, l'homme en livrée hésite, puis finalement, bon élève, s'exécute. Il y a ici des tomates marinées, ceux-ci sont aux anchois. Bien sûr des mini pizzas et évidemment notre foie gras rehaussé de figues. Le foie gras pour une poule de luxe, voilà qui sera parfait, assure Anaïs en écrasant un toast sur le front de Nathalie, laquelle ne cherche même plus à maintenir un sourire crispé. Clément retient le bras de sa femme avant qu'elle ne s'arme d'un autre petit-four. Tu es malade ! Qu'est-ce qui te prend ? Il ne comprend rien de ce qui est en train de se jouer. Clément voudrait prendre ses enfants à témoin, mais ne trouve chez eux aucun soutien. Hélène semble sidérée. Romane, regard de tueuse armée, fixe Nathalie sans discontinuer. Milo titube jusqu'à une chaise. C'est étonnant à voir, un grand gaillard d'un mètre quatre-vingt-dix qui semble prêt à se rompre. Nathalie, des miettes au coin de l'œil, la mèche en berne et poisseuse, tente une défense désespérée. Elle va s'expliquer, ce n'est pas ce qu'Anaïs imagine. Ils se sont aimés. Anaïs explose de rire, sensation précieuse et inespérée, puisqu'elle pensait cette région de son cœur morte à jamais. L'amour, grands dieux, l'amour nous sauverait de tout… Pauvre Nathalie… Clément, cette fois, saisit Anaïs par les épaules, la forçant à le regarder droit dans les yeux. Ça suffit, enfin. On va lui expliquer ce qui se passe, oui ou merde ? Anaïs répond merde pour rigoler un peu, et puis, d'un geste las, désigne l'autre. Le sordide n'appelle pas l'hystérie, ne goûte pas l'excès. Anaïs expose brièvement, elle-même surprise du flegme avec lequel elle explique les faits à son mari. Elle pleure l'innocence de son fils à l'envers, effondrée de l'intérieur. Le visage de Clément se décompose. Tout à coup il a mille ans, tout à coup il ne connaît même plus son prénom. Où sont-ils ? Que font-ils ici ? À son tour et en serrant le poing, il se tourne vers Nathalie. Non, défend Anaïs en se ravitaillant de nouveaux petits-fours qu'elle écrase maintenant sur les cheveux de Nathalie. Non, certainement pas de violence. Romane pousse un cri, il est temps : elle prend une flûte et la balance à la figure de celle qui a brisé son frère. Anaïs regarde sa fille avec tendresse, heureuse de cette cohésion familiale inattendue. Clément est de marbre, seules ses narines frémissent, signe qu'il est en proie à une agitation extrême. Il jette des regards alentour, encore étonné d'être là, puis prend conscience de la piscine toute proche, mais Romane et Lison l'ont devancé. Traînant déjà Nathalie par les bras, elles l'y propulsent sans ménagement, sous les cris outrés de l'assemblée et le ricanement vainement masqué d'un serveur. Clément se met subitement à hurler, il se sent impuissant, son fils, son bébé ? Avec cette pute ! Il dit, mais merde, Anaïs, comment est-on passés à côté de ça ? Comment *je* suis passé à côté de ça ! Il renverse le plateau du serveur, retourne une vasque de fleurs et pousse un nouveau hurlement. Il crie sa douleur, son impuissance et sa colère. Merde, Anaïs, merde ! Anaïs presse doucement le bras de son mari. La Mini, mon chéri. La Mini. Clément dévisage sa femme par peur de comprendre. Pas les pneus, en revanche, je veux qu'elle puisse se casser dans les cinq minutes. Alors Clément, heureux d'avoir un but, content d'être autorisé, attrape un extincteur et se dirige vers la Mini. Il s'applique, y met tout son cœur. Les vitres y passent, puis le capot, les ailes, bientôt Nathalie roulera en compression César. Deux serveurs hissent celle-ci hors de l'eau. Dégoulinante, elle titube jusqu'à son carrosse, une de ses chaussures gisant au fond de l'eau. Dans la gêne de l'assemblée, quelques rires fusent. Anaïs se tient droite, sonnant la fin de l'entracte. Elle défie les autres du regard et bientôt, chacun s'obligeant à son rôle, les conversations reprennent. Ils sont là pour la fête. En apparence, au moins, il ne faut rien montrer de ce qui traverse les esprits et questionne. Bientôt Nathalie n'est plus qu'un point dans l'allée et Milo tombe dans les bras de son père.

Dimitri a raté les festivités et c'est tant mieux. L'éclipse va bientôt débuter. Lentement le disque fuligineux va couvrir celui de feu, plongeant leur latitude dans une nuit incongrue et temporaire, abaissant la température de quelques degrés, intimant aux oiseaux et consorts de se taire. Dimitri peste, il les avait tous prévenus, enfin. Il leur avait donné rendez-vous près du lac, il voulait leur parler, à eux, son cercle rapproché, dérouler cette annonce tant répétée, juste avant le début de l'événement céleste. Et il en manque, il en manque toujours, c'est pas possible. Il s'énerve franchement, se reprend, ce serait tout de même un comble qu'il les engueule alors qu'il s'apprête à les couvrir de thunes ! Doria, où es-tu ? Ah ! Si elle s'y met aussi, ça ne va pas le faire ! Marie-Claire et Hélène, sentant que Dimitri n'est pas loin de la rupture d'anévrisme, battent le rappel. C'est touchant cette petite mise en scène dans le bas du terrain, de loin un des endroits préférés du domaine. Ça y est, enfin, ils sont là. Oui, Fred, il manque les garçons, mais ce n'est pas grave, laisse-les jouer. Allons-y, merci d'être présents, du fond du cœur. Oui, même vous, Hervé, je suis très heureux de faire votre connaissance. Sincèrement, je vous assure. Dimitri se lance, feint l'improvisation, jongle avec justifications, imputations et morales, et sert une soupe saupoudrée de paillettes d'or lorsqu'un cri succède à un bruit de moteur. Bientôt, Enguerrand paraît sur un quad, à une centaine de mètres. Marie-Claire hurle, Fred court et grimpe sur la machine pour en couper le contact et, alors qu'au grand soulagement de tous le quad stoppe, le chat effrayé s'impacte sous ses roues, imposant dans le fond du terrain un silence de mort. Fred se penche, secoue la tête et grimace. Tandis que sur la terrasse le chanteur annonce au micro qu'il reste dix minutes avant que les planètes entament leur valse, le vieux félin, vraisemblablement blessé, fuit vers le lac dans une démarche qu'il est difficile de soutenir du regard. Brune part à la suite du chat en criant qu'il faut d'urgence l'examiner. Dimitri proteste. Non ! s'étrangle-t-il, surprenant le petit comité. Non, s'il vous plaît ! Il veut simplement en finir avec son annonce, accueillir les remarques et les remerciements prévus, ensuite ils s'occuperont du chat ! Ensuite, ils suivront l'éclipse comme il se doit et feront la fête, bordel. Il a eu tant de mal à les réunir ! Fred, d'ordinaire si laconique, se prend à rire. Tu veux quoi, en fait, Dimitri ? Qu'on se prosterne, qu'on érige une statue à ta gloire ? Tu commences à nous saouler avec ta mauvaise conscience et ta grandeur d'âme. Clément rit sous cape, Dimitri se fait rarement moucher et c'est plutôt drôle à voir. Fred se serait racheté des couilles ? Marie-Claire regarde avec fierté son mari. Il a clamé tout haut ce que beaucoup rêvent de verbaliser, elle en est certaine. Hélène, quant à elle, éprouve de la gêne. Elle déteste les situations malaisantes, et n'est encore pas remise de la scène Nathalie.

Cinq quatre trois deux un : l'affaire sera réglée en huit petites minutes. L'éclipse n'attendra pas que Dimitri ait parlé. Rien ne se passe comme il l'avait imaginé. Doria s'avance, prudemment, elle ne sait comment se comporter. Les autres, à la fois gênés et aux prises avec leurs soucis du moment, s'éparpillent. Doria a besoin de réconfort, elle aussi. Elle ne veut plus lutter, plus s'enfuir. C'est neuve qu'elle décide de sortir de ce combat entre ombre et lumière. Elle se réfugie alors dans les bras de Dimitri qui prend son geste pour du soutien.

Fred, gonflé à bloc par son exceptionnelle prise de position, se décide à parler à Clément. Il veut vider son sac, percer l'abcès. Clément est le seul avec qui il se sent capable d'évoquer ce passé, et cette éclipse constitue le moment idéal. Il lui dit je me sens responsable, coupable, complice. Il dit je pense à Pio tous les jours et me réveille une nuit sur deux en nage. Je revis la scène, l'accident, comme si j'avais été dans cette voiture. C'était ma voiture quand même, et je savais mieux que personne que Pio allait mal. C'était mon binôme, il y a toujours eu nous cinq, bien entendu, mais toi et Dimitri d'un côté, Brune au milieu, et moi, plus proche de Pio. Clément secoue la tête, il n'aime pas parler de la mort de leur ami. Il a d'ailleurs soigneusement fait en sorte d'arriver à la fin de la sépulture de celui-ci et s'en veut toujours infiniment. Il dit à Fred, tu n'y peux rien, vraiment rien. Même si c'était ta voiture et même si tu n'as pas voulu l'accompagner faire les courses cet après-midi-là. Pio n'allait pas bien, on le savait tous, on aurait dû réagir avant, voilà tout. Tu n'es coupable de rien ou alors nous le sommes tous et je ne suis pas capable de gérer cette idée. C'était un suicide, Pio a choisi, l'enquête a été formelle. Fred lâche un profond soupir. Il attendait ces mots, pourtant ils ne changent rien à la réalité. Il tente de s'ancrer au sol, droit comme un chêne, buste tronc, pieds racines, pour ne pas vaciller, pour résister à la tempête qui se joue en lui. Les deux amis se font face, quand soudain les yeux de Clément s'embuent dangereusement. Dans la seconde les vannes lâchent, et Clément tombe dans les bras de Fred. Mon pauvre Fred, si tu savais… Je te vois te torturer, traîner ta croix alors que tu es un mec formidable. S'il y a une planche pourrie, peu fiable, c'est bien moi, tu sais. Des mois, des années que je ne pense qu'au boulot et maintenant que je suis rentier j'ai des fourmis. Qui s'arrange pour esquiver les enterrements de ses proches, sincèrement ? J'ai réitéré, figure-toi ! Mon pauvre Paul, pas plus tard que le mois dernier. Ça se pose là, question égocentrisme, non ? Et mon fils, on en parle ? Tellement livré à lui-même qu'il est tombé dans les griffes d'un monstre sans que je m'aperçoive de rien ! Tu le crois, ça ? Alors Fred, je t'en supplie, je t'en conjure, promets-moi de prendre conscience que tu es un mec génial et un ami en or. Lentement

Clément se dégage des bras de Fred, terriblement ému lui aussi. Clément tangue, déboussolé. De ses grandes mains il balaie les larmes venues tremper son visage. Fred est troublé, les rôles avaient été distribués à leur rencontre et les cartes n'avaient jamais été rebattues. Que Clément montre ainsi sa fragilité le perturbe et l'apaise à la fois. Tous deux sont bien vivants, l'espoir se niche partout. Fred respire mieux et lève le nez vers le ciel. La lune progresse, il devrait rejoindre sa famille, mais, soudain, la tristesse de Clément devient stupeur. Clément ? Tu vas bien ? s'inquiète Fred. Car Clément, présentement, ouvre grand la bouche. À la lueur de ce ciel, qui n'appartient plus tout à fait au jour ni à la nuit, son teint a franchement viré au gris. Fred, cette fois, s'inquiète. Clément, tu m'entends ? Mais Clément a aperçu un fantôme et il peine à rester debout. Anaïs, son Anaïs, se tient aux côtés des jumeaux, ils observent l'éclipse. Anaïs a relevé ses cheveux en un chignon rapide et il comprend. Il a retrouvé la nuque et la nuque est Anaïs. Il a retrouvé la nuque, et la nuque n'est autre que sa femme, sa femme à qui il pourrit la vie, à qui son nombril et lui font vivre un calvaire. Sa femme qu'il ne connaît plus et qui, pourtant, le trouble toujours. Sa femme qui lui enjoint de défoncer une Mini. Qu'est-ce qui te prend, Clément ? demande Anaïs, surprise, en le voyant accourir. Rien, il ne me prend rien, ma douce. Je suis content d'être là, avec vous, qu'on soit tous les quatre. J'ai besoin d'être avec vous. Avec toi. Anaïs, qui a bien du mal à chasser cette immonde pute de Nathalie de ses pensées, frissonne au moment où Clément entoure sa nuque de sa main. Milo observe successivement son père et sa mère, il se dit que la vie est pleine de surprises, il semblerait qu'il puisse compter sur les siens. Un tiers de lune, deux tiers de soleil, il passe son bras autour des épaules de Romane. Sa sœur. Son alliée.

De son côté, Fred a rejoint Marie-Claire et les garçons. D'un regard, l'épouse comprend que son mari s'est allégé de quelque chose. Fred sourit, elle sait qu'il tiendra le coup. Elle le sent. Tout ira bien mon amour. Marie-Claire attire son mari vers elle, pose sa tête sur son épaule. Elle sera là. Il ne cessera sans doute jamais de retourner l'histoire dans tous les sens, mais il résistera aux vents.

Lison se tient près d'Hervé. Hervé tout court. Hervé prénom de boomer. Hervé qui a vraiment l'air d'un mec bien. Il est venu la voir après l'histoire du téléphone. Il lui a dit que sa mère était un peu perdue, mais que ça passerait, que ça arrivait plus souvent qu'on ne pouvait l'imaginer de s'arranger avec la vérité. Tant qu'elle ne supprime pas réellement ses parents, tout ira pour le mieux ! Elle a ri et ça lui a fait le plus grand bien. Avec Carla, Lison rit souvent. Carla me manque, avoue Lison à Hervé. Il répond que c'est plutôt bon signe, un très bon test, l'éloignement. On forme un drôle de duo, s'amuse la jeune fille. Dis, tu avais déjà assisté à une éclipse, Hervé tout court ? Pas de soleil, non. Trop de nuages pour la dernière en date. Mais je m'en fous un peu, moi ce que j'aime ce sont les gens, la nature, les choses palpables. Tu sais que ma mère a crayonné une patiente ? poursuit Lison. Plutôt drôle non ? Surtout venant d'elle ! Je ne sais pas si vous vous connaissez bien, mais ma mère n'est pas vraiment de ceux qui crayonnent les gens, que ce soit au marqueur ou au stylo quatre couleurs, crois-moi ! Hervé sourit, il ne connaît pas sa mère depuis très longtemps, mais ce qu'elle lui a donné à voir est plein de promesses.

Un peu plus loin, Anaïs observe l'animateur du groupe de parole à la dérobée. Il est temps de se débarrasser du costume de Rose. Elle imaginait que ce déguisement lui permettrait de mieux se glisser entre les plaques, d'être épargnée par la tectonique, elle n'y était pas. Rose l'encombre, elle est devenue lourde à supporter, un poids qu'elle traîne, une béquille utilisée à mauvais escient. Lison a délaissé Hervé, alors Anaïs se décide. Elle parle d'abord sans oser le regarder. Elle dit comme elle se sent à deux doigts de l'implosion, si souvent. Elle justifie le hasard qui a mené ses pas vers le premier groupe de parole. Parce qu'il ne doit pas s'y tromper, pas se méprendre. Elle n'arpente pas seulement sa salle de quartier, non. Elle traîne avec cinq autres groupes, elle va et vient, elle erre, quémande un peu d'affection. Hervé reste silencieux, il a compris qu'Anaïs entamait quelque chose de nouveau. Le chemin de la vérité, peut-être ? En tout cas celui de la sincérité. Elle dit comme elle veut du calme, comme elle cherche simplement un semblant de sérénité. Hervé comprend qu'au-delà de la supercherie démasquée, ce que vient de vivre Anaïs force à une redistribution des cartes, un éveil. Hervé sourit. Dans ses yeux, il y a de la douceur et beaucoup de compréhension. Il se laisse étreindre avec plaisir lorsque Anaïs, reconnaissante, l'enlace. Il murmure des encouragements, Anaïs devrait continuer de vider son sac en thérapie. Elle a besoin d'aide. Anaïs se promet de dire la vérité à Madame D. Oui, il est plus que temps. Brune a de la chance, conclut-elle. Beaucoup de chance.

Près d'un banc, les silhouettes de Brune et d'Hélène se découpent dans le jour qui décline. Cette fois la température chute. Le chat se lèche la patte, c'est moins grave que ne le pensait Brune, il faudra tout de même faire voir l'animal à un vétérinaire. Ici, en cet instant, Hélène ose enfin questionner sa fille sur ce qu'elle a longtemps tu. Elle ne le ferait pas ailleurs ni à un autre moment, mais là, penchées comme elles le sont sur la pierre posée en la mémoire de Pio, tout est permis. Ma Brune, diras-tu tes doutes à ta fille ? Les diras-tu à Dimitri ? Et surtout, comment te sens-tu ? Brune sourit et hausse les épaules. Elle ne dira rien, elle n'a jamais cherché à savoir, elle a fait le choix de l'incertitude. Que Lison soit la fille de Pio ou celle de Dimitri, peu importe, elle l'aime et c'est tout ce qui compte.

L'armure se fend, toute la culpabilité continue de se glisser vers les rives du lac. Le vent se lève soudain, rendant les odeurs de mousse plus palpables encore. Les longs cheveux de Brune, tel un rideau pudique, masquent son visage. Hélène, tremblante, glisse une mèche derrière l'oreille de sa fille. Elle regarde le lac qui change de couleur à mesure que le soleil se voile à la tombée de la nuit. J'ai choisi Dimitri, étouffé mes sentiments pour Pio, j'étais certaine de faire le bon choix pour l'avenir, pour la stabilité. Mais à l'aune de quelle valeur, Maman ? Rien n'est jamais figé, rien n'est dû et rien n'est jamais acquis. Pio s'est effacé de lui-même, a cessé de lutter, avant de choisir de disparaître tout à fait. Il nous a laissés incomplets… Depuis son absence, nous n'avons eu de cesse de faire semblant. Pio était le ciment de tout. Dans l'ombre de l'éclipse, je crois qu'il est un peu là, avec nous. Brune caresse le chat qui se remet de ses émotions. Tu sais, Maman, ça fait dix ans que je refais l'histoire. Quelle aurait été ma vie avec Pio ? L'aurais-je rendu heureux ? Dix ans que je fais comme si je n'étais pas responsable de sa mort alors qu'il s'est peut-être tué parce que je ne l'ai pas choisi. Hélène étreint sa fille avant de se pencher pour balayer des feuilles tombées sur la pierre. Brune prend la main de sa mère dans la sienne. La différence entre la peau ridée de la main d'Hélène et celle encore pulpeuse de Brune donne l'élan à la mère. Si on présumait à l'avance, ma fille, on n'oserait rien. Trace ta route. Regarde devant. La mousse très verte qui a élu domicile sur la sépulture paraît fluorescente avec la luminosité si particulière de l'événement. Brune aime tant cette odeur. C'est l'odeur de la maison, l'odeur du vivant, et qu'elle se soit autant développée sur la pierre la réconforte. Puis, Hélène se met à rire, et Brune, les yeux embués, la considère avec étonnement. Ce n'est rien, ma chérie, une histoire de nain en marbre, il faudra que je te raconte.

Doria et Dimitri sont restés seuls pour achever de lever le nez en l'air. Doria ne demande rien, mais

Dimitri justifie. Depuis qu'il est tombé sur cette photo dans la maison, puis celle, petit format, qui traînait dans l'escalier, il n'a fait qu'y penser, scruter le regard que Brune posait sur Pio. Ensuite, il y a eu des airs chez Lison qui lui ont sauté à la figure, sa façon de jouer de la guitare, ses sourcils circonflexes. Depuis il se sent oppressé. Il a toujours eu le contrôle et voilà qu'il n'est plus sûr de l'essentiel. Si l'éclipse, une fois terminée, pouvait le débarrasser de sa part d'ombre… Te rends-tu compte, Doria ? Te rends-tu compte que je ne sais plus que penser lorsque je vois Lison ? Doria soupire. Et après ? Sommes-nous réduits à ce que nous sommes au départ ? Nus comme des vers, en venant au monde ? Et après, Dimitri… Moi je fais le serment de choisir ce qu'il y a devant, notre avenir. Je démonte les rétroviseurs. D'ailleurs, reprend-elle, pile au moment où la lune prend l'avantage sur le soleil, d'ailleurs, si d'aventure tu te penches sur mon passé, il se pourrait que tu sois surpris. Cela te pose-t-il un problème, Dimitri ? Non, il s'en fout, qu'elle se rassure. Planqués sous ses lunettes d'observation, les yeux de Doria pétillent. Son père ne pourra plus rien contre elle. Elle décide de choisir l'après, et se sent déjà forte de cela.

PIO

« Même la nuit la plus sombre
prendra fin et le soleil se lèvera. »

Victor HUGO
Les Misérables

Vient la dernière minute, les derniers instants de la valse menée par la lune et le soleil. Pio, témoin de tant de scènes, de tant de trajectoires. Observateur de bonheurs et de drames… Près de la pierre posée là en sa mémoire, se trouvent réunis Brune, Hélène, Clément, Anaïs, Lison et Hervé. Dans la pénombre, Anaïs glisse des confidences à l'oreille de sa belle-sœur. Sais-tu, Brune, à quel point Hervé est formidable ? Ne le laisse surtout pas filer. Alors Brune, si habile à cacher la culpabilité qui la ronge depuis le décès de Pio, se promet de bien considérer cet homme tout court, mais hors du commun. De tenter l'exercice de la joie et de la simplicité. Peu importent les choix passés, peu importe qui est le père de Lison, elle se dit que sa fille lui ressemble, trait pour trait, et qu'elle porte en elle une incroyable force.

Précisément au moment où la lune, si parfaitement,

se superpose au soleil, Lison s'échappe avec une seule chose en tête en direction du lac. Elle doit se montrer honnête avec Carla. Il n'y aura pas d'hypocrisie entre elles. Elle veut démarrer sa vie d'adulte en étant cohérente et fiable. Avec une voix trop aiguë et enrayée par l'émotion, en quelques mots Lison explique. La non-mort de ses parents, la complexité des faits, et surtout la clémence dont il faudra faire preuve à son égard. Après un court silence, au bout du fil, Carla sourit. Elle avait deviné. C'est à Lison qu'elle tient, pas à ses vieux, qu'ils soient morts ou vivants. Et puis, elle-même étant un peu cinglée… Saluant au passage la performance de Lison, Carla imagine aisément être capable d'encore plus tordu. Elle a raison d'assumer, Lison. Raison de vouloir porter haut ses couleurs, de batailler pour le vrai. Elle ne rougira jamais d'avoir le courage de ses convictions.

Clément a apporté une bouteille, il tient à trinquer en souvenir de son ami. Il s'en voudra toujours de n'avoir pu affronter l'enterrement, rendez-vous manqué en entraînant beaucoup d'autres. Comment juger la façon dont certains réagissent dans la douleur ? Dimitri se tient en retrait, le regard pourtant tourné vers le groupe. Puisse-t-il vivre pleinement aux côtés de Doria, vibrer, sentir. S'émouvoir, plutôt que contrôler. Marie-Claire et Fred cheminent vers le bas du domaine, eux aussi. Pauvre Fred… Pio et lui étaient si liés. En passant à l'acte, Pio n'avait pas mesuré à quel point Fred revivrait le moment où il lui a cédé les clés de voiture, à quel point cela le torturerait. Peut-être, sans doute, Pio a-t-il manqué d'une mère comme Hélène. D'un pilier, d'un ancrage. Ses maigres racines n'ont pas suffi à le maintenir droit. Un jour un peu plus bancal qu'un autre, le sentiment d'être définitivement inadapté à cette vie l'a emporté sur le reste. Trop sensible, trop cabossé, trop rêveur. Ils n'y sont pour rien. Ils le savaient fragile, ils n'imaginaient simplement pas à quel point.

Dernier passage devant cette photo où chacun trouve ce qu'il désire voir, a minima, du bonheur. Il est temps de s'éclipser. Temps de laisser la fête reprendre son cours et le groupe ses airs de jazz. Temps de les laisser ensemble, mais à la fois si seuls face à leurs certitudes.

Lentement, la vie regagne le cours de son lit.

Lentement, le jour prend possession du jour.

La lune, sortie des clous, reviendra selon ses habitudes.

REMERCIEMENTS

Je tiens à remercier particulièrement et très chaleureusement Sophie de Closets, qui m'a proposé de poser mes valises chez Fayard et offert le privilège de signer dans cette prestigieuse maison. Je la remercie infiniment pour la gentillesse et la confiance dont elle a fait preuve à mon égard.

Je souhaite remercier du fond du cœur ma si précieuse Pauline Faure, formidable éditrice et merveilleuse personne. Travailler à tes côtés est une fête !

Un grand merci à Iris Neron-Bancel pour ses relectures attentives.

Je remercie l'ensemble des équipes des éditions Fayard pour leur accueil, leurs conseils avisés et leur absolu professionnalisme.

Je tiens à vous témoigner ma gratitude, lecteurs, de laisser entrer Clément, Doria, Brune et les autres dans votre intimité, et de partager un bout de chemin avec mon imagination. Ce roman est le septième et j'ai toujours beaucoup de mal à mesurer ma chance. Merci d'être là, merci de tenter ou de poursuivre l'aventure. Sans vous, pas de romans. Mes sincères remerciements, donc, pour votre soutien et votre fidélité, ainsi que pour vos mots si touchants qui me vont droit au cœur.

Je voudrais remercier les libraires. Je vous suis très reconnaissante de soutenir, de conseiller et de porter mes romans. Vous êtes on ne peut plus précieux, le lien entre les personnages et les lecteurs.

Un grand merci aux journalistes et aux blogueurs qui se pencheront sur ce roman.

Merci à ma famille d'être si présente et aimante.

Mes parents, débordants d'affection ; mes frères et sœurs, Bruno, Christophe, Fabienne, Claire, Delphine et Sylvaine : j'ai beaucoup de chance…

Je remercie mes enfants : Margaux, Titouan, Gaspard et Joséphine pour l'amour dont ils m'entourent et la joie qu'ils me procurent chaque jour.

Un chaleureux merci à Catherine, Hélène, Emmanuelle, Sophie Adriansen, Mathou, Gaïdick et Jean-Pierre, Franck RG et Georges Abitbol.

Merci à ma garde rapprochée préférée d'être toujours fidèle au poste : Julie B, Julie L et Carole.

Enfin, des liens comme ceux du sang. Marie Vareille, Cynthia Kafka, Serena Giuliano et Virginie Grimaldi. Mes essentielles. Merci d'être là, pour tout, tout le temps.

DE LA MÊME AUTRICE

Sous le nom de Sophie Henrionnet :

Plus immortelle que moi, Éditions du Rocher, 2021

Sur les balcons du ciel, Éditions du Rocher, 2020

Et puis Colette, avec Mathou, Éditions Delcourt, 2018

Vous prendrez bien un dessert ?, Daphnis et Chloé, 2015 ; Éditions Charleston, 2020

Sous le nom de Sophie Rouvier :

Et puis la foudre, Fayard, 2023

PAPIER À BASE DE FIBRES CERTIFIÉES

Le Livre de Poche s'engage pour l'environnement en réduisant l'empreinte carbone de ses livres. Celle de cet exemplaire est de :
200 g éq. CO_2
Rendez-vous sur
www.livredepoche-durable.fr

Composition réalisée par Nord Compo

Achevé d'imprimer en France par
CPI BRODARD & TAUPIN (72200 La Flèche)
en mars 2023
N° d'impression : 3051956
Dépôt légal 1re publication : mars 2023
LIBRAIRIE GÉNÉRALE FRANÇAISE
21, rue du Montparnasse – 75298 Paris Cedex 06

80/0170/7